U0595841

文治
© wénzhì books

更好的阅读

K和N的悲剧

[日] 高野和明 著

蔡东辉 译

SPM 南方传媒 | 花城出版社

中国·广州

图书在版编目（CIP）数据

K 和 N 的悲剧 /（日）高野和明著；蔡东辉译 . -- 广州：花城出版社，2023.3（2023.6 重印）

ISBN 978-7-5360-9857-2

Ⅰ.① K… Ⅱ.①高…②蔡… Ⅲ.①推理小说—日本—现代 Ⅳ.① I313.45

中国国家版本馆 CIP 数据核字（2023）第 015262 号

著作权合同登记号：19-2022-188 号

出 版 人：张 懿
特约监制：潘 良 于 北
产品经理：胡马丽花
责任编辑：欧阳佳子
特约编辑：金 玲
责任校对：梁秋华
版权支持：冷 婷 郎彤童 李泽芳
营销支持：金 颖 黄筱萌 黑 皮
技术编辑：薛伟民 林佳莹
装帧设计：胡崇峯
封面插画：王 嫒

书　　名	K 和 N 的悲剧
	K HE N DE BEIJU
出版发行	花城出版社
	（广州市环市东路水荫路 11 号）
经　　销	全国新华书店
印　　刷	北京联兴盛业印刷股份有限公司
开　　本	880 毫米 ×1230 毫米　32 开
印　　张	9.25　2 插页
字　　数	190,000 字
版　　次	2023 年 3 月第 1 版　2023 年 6 月第 3 次印刷
定　　价	48.00 元

求你听我的祷告，

容我的呼求到达你面前——

目录

序章

急风裹挟着飞雪纷纷扬扬地落下。

耳边只有两人踩在雪地上的脚步声。

果波抬头看了一眼昏暗的天空,心里顿时生出一阵不安,她看向走在身旁的朋友的侧脸。

"放心吧。"久美开口,"孩子一定会顺利生下来的。"

"嗯。"果波微微点头,随即加快了脚步,生怕自己落在后头,大雪却屡次让她不得不放慢脚步。果波似乎还没有穿习惯妈妈给她新买的雪地靴,脚底总是打滑。

穿过树林后,鸟居[1]出现在眼前。鸟居后方的石阶已经完全融进了夜色。

"带手电筒了吗?"久美问。

"啊!"果波在石阶前停下脚步。其实也不是什么大事,但是

---

1 日本神社入口处所建的大门,代表神域的入口。——编注

她也不清楚自己为什么会如此慌张。

"我给忘了！怎么办？"

"就知道你会忘。"久美笑着从红色羽绒服的口袋中掏出一个小手电筒。

果波露出抱歉的笑容以掩盖自己的尴尬，随后抬起头瞄了一眼久美。两人明明是一样的年纪，怎么会有这么大的差距？久美怎么会这么可靠？长期以来，久美就像守护神一般保护着果波，让她免受不怀好意的男人们的侵扰。

"走吧！"

听到催促的果波伸手搂住久美的腰，开始向上爬。石阶已经铺上了一层厚雪。

一阶又一阶。两人沿着陡峭的斜面小心翼翼地向上攀爬，生怕一不小心就从台阶上滚落下去。在白雪的反射下，隐约能看见两侧树上绑着的界绳。"那是神圣之地的象征哦。"——果波想起新年第一次参拜时父亲说的话："绳子的另一边就是神明大人的地界了。"

果波抬头望了一眼石阶的尽头，透过自己呼出的白雾，能依稀看到本殿[1]。果波在即将滑倒之际，紧紧揪住久美的大衣时，明显感觉到自己的胸在衣服下晃了晃。也难怪，毕竟马上就六年级了，果波告诉自己。别害怕，振作起来，像久美那样。

终于爬完石阶后，久美问："害怕吗？"

---

[1] （神社等的）正殿、大殿。——编注

"不怕，没事。"话刚出口，果波突然意识到原来自己早已被恐惧裹挟。她也说不清自己到底在畏惧什么，只是觉得似乎总有一股难以言状的不安在心头难以散去。此时，打在脸上的雪更大了。

"说不定已经在生了。"久美话音未落，便向神社更深处走去。

果波慌忙跟了上去。这时，突然响起一声婴儿的啼哭。果波惊恐地站在原地，转头看向黑暗深处。

久美回过头来，憋着坏笑，把刚刚模仿过的婴儿的哭声对着果波又演绎了一次："你说它们哭起来会不会是这样？"

"怎么可能！"果波勉强露出笑容，故作镇静，"我们快走吧。"

"嗯。"

二人一齐加快脚步，绕到了本殿后侧。

眼前是一间用薄木板简单搭建成的杂物小屋。地上铺满了白雪，只有门板前扫出一小块空地。果波伸出戴着连指手套的手，推开门。

"在吗？"果波还没完全进去，久美就迫不及待地问道。

果波在黑暗中睁大眼睛，仔细地检查地面。小屋只有六张榻榻米[1]大小，里面放着铲子之类的除雪工具，其他什么也没有。关上屋门后，四周更安静了。

"里面呢？"久美话音未落便晃着手电筒找了起来。

"在这儿！"

1　一张榻榻米约为 1.62 平方米。（本书注释除特殊说明外，均为译者注。）

掀起的一小块地板下裸露出地面，一只橘黄色的虎纹母猫正躺在小小的凹槽里。猫咪只是不耐烦地抬头看了一眼，并没有要逃走的意思。经过两人的多次投喂，它似乎不再敌视眼前的两位少女了。果波突然担心猫咪会不会受凉。

久美把手电筒对准猫咪的屁股，说道："还没生吗？"

"久美！"果波看见一个小小的东西在蠕动，"小猫！在喝奶呢！"

"嘘……"久美让咋咋呼呼的果波安静下来，拿手电筒对准猫咪的腹部。只有人类大拇指大小的小家伙正躺在那儿吸奶。

"小猫咪欸！"久美和果波迅速地交换下眼神，很快又将视线挪回猫身上。

母猫的呼吸略有加快。不久，只见它后腿一蹬，身体里流出一团红黑的东西。果波呆若木鸡，一动不动地凝视着那团看起来像内脏一样的东西。它与母猫之间连着一条细线——是脐带，果波意识到。

母猫疲倦地起身，低头舔舐刚生下来的小猫。包裹着小猫的黏膜被舔去，露出黏糊糊、湿漉漉的胎毛。

原来小猫咪和想象中的完全不一样，并不是毛茸茸的布偶。但是，听见受到母猫舔舐后小猫咪发出的"喵——喵——"的叫声，果波顿时觉得它们挺可爱的。

母猫一口咬断脐带。小猫咪笨拙地摆动着短小的四肢，爬向母亲的乳房。

"加油！"果波小声鼓励。

"好厉害啊。"久美难以置信地说。

"嗯。"

"我们给它们取名字吧。"

果波点点头，盯着正在吸奶的两只小猫咪。它们实在太小了，小到分不清毛色。

"喵——"果波对着躺在地上的母猫打招呼，"它们是男孩还是女孩啊？要取什么名字好呢？"

此时，母猫腰部一阵抖动，后腿间有什么流了出来。

"这是什么呀？"久美皱起眉头。

原以为是第三只小猫咪，可那肉块却不见动弹，上面还带着母猫方才咬断的脐带。看着眼前腐肉般外观骇人的肉块，果波不禁皱起眉头："不知道……"

母猫沉吟着站起身，把鼻子凑到自己排出的异物前。不会吧？果波的脑海中闪过一个念头。不好的预感立马成为现实，只见那母猫张开嘴，开始大口吞食那坨令人作呕的肉块。

方才沿着石阶向上攀爬时出现的混沌的不安再次涌上果波的心头。她仍旧蹲在地上，用手紧贴着腹部，说："久美，感觉有点奇怪。"

"你也是吗？"在她旁边的久美也用手按住下腹。

她们互相看着对方。久美的眼中出现了此前从未有过的忐忑。

"我们不会是生病了吧？"果波问。

久美紧接着说："或者说是……"

"什么？"

久美放弃对视，紧盯着地板上的大猫小猫。她挂在耳朵上的刘海儿垂下来，遮住了她的半张脸。看着久美的侧脸，果波莫名感到失落。久美似乎没有了以往的可靠，变得和自己一样了。

"我们回去吧。"久美说。

"嗯。"果波也扫兴地说，随后站了起来。

两人看着对方的眼睛，再没有把视线往下移。

"今天的事情要保密哦。"

"嗯，谁也不说。"

"我们还会再来的。"向母猫打完招呼后两人朝门口走去。刚打开屋门，冷风便嘶吼着灌进来。

外面的风更大了，眼看就要迎来一场暴风雪。果波和久美不约而同地紧了紧羽绒服的领口，迟疑了好一会儿也没有走出屋外。果波心生怯意，挽住久美的胳膊。久美用力夹紧肘部，接纳了颤抖着的果波，带着她走出屋外。

果波一步一步扎扎实实地走在漆黑的神社中，她突然想起了妈妈，那个总是面带微笑、温柔和蔼的妈妈。

我也可以像妈妈那样吗？果波心想。在这漫天飞雪的夜晚，或许自己已经获得了成为母亲的资格。

和久美一起……

她看着久美的侧脸，久美已经恢复了往常坚韧的眼神。果波悬着的心终于放下，她告诉自己，只要和久美在一起，自己就永远会受到保护。

第一章

异 变

1

所有家具、物品都已经搬到了新家。老旧的木制公寓里，房间空荡荡的，只剩下两个手提旅行包、一套男士西服和一件礼服。

六张榻榻米大小的空荡荡的房间里，夏树果波站在房间中央，注视着衣物收纳盒与小型书架被搬走后留下的痕迹。

她仍不敢相信这一天竟然真的会到来。不敢相信，脸上却情不自禁地露出笑容。

结婚后的第二个春天。刚刚过去的冬天热闹得简直像是一场不合时令的狂欢，出版社寄给丈夫的重版通知、汇入银行账号的高额版税，还有各媒体发来的接连不断的采访邀约……

与丈夫一同递交结婚申请的时候，果波预想过今后可能会遇到一些困难。但是她坚信，不管遇到什么风浪，只要和这个人在一起，一定可以乘风破浪。没想到自己的决心这么快就有了回报。现在，短暂的喧扰即将结束，夫妻二人即将迎来全新的生活。

惬意的微风从窗外吹进来，春天的空气涤荡着果波的长发。她闭上眼睛，迎着风，细细品味着心中满溢的情绪。

呼——

听见叹气声，果波睁开眼，出去处理大件垃圾的修平回来了。

她微笑着迎接丈夫："处理好了？"

"嗯。"修平也眯起眼睛。也许是因为皮肤白，修平的眉眼显得格外清晰。虽然已经二十七岁了，脸上却依旧留着几分孩子相。

"这下终于可以和这个破公寓说再见了。"

"有没有觉得有点舍不得？"

"没有，总算是痛快了。"修平得意地笑着说，"在我们获得想要的生活前，这里只是一个暂住的地方。"

果波抬头看着比自己高十五厘米的修平。从早上开始他就一直在干体力活，脸上却没有丝毫疲相。像往常一样，果波下意识地从上到下打量了一番修平。他细瘦的身体究竟为什么会有如此庞大的能量？

"累吗？"修平问。

"不累。"

"那我先走啦。"

果波看了一眼手表，下午一点多了。

"五点半老地方见。"

"嗯。"

果波点点头。修平把手伸向她的脸颊，果波自觉地把自己送入他的怀中。一阵忘我的轻吻后，果波睁开眼，墙上挂着的珍珠色礼服赫然出现在眼前。今晚的宴会同时也是他们延迟了一年半的婚礼。

"那我走啦，晚上见。"

"等等，把这些带上。"果波把手提旅行包和西服交给丈夫。

修平微微一笑，最后环视了一眼这个永远不会再来的暂住之地，离开了房间。

丈夫离开后，果波心中依旧暖洋洋的。她卷起袖子，走进卧室。那是个三叠[1]大小的房间，时不时能听见隔壁传来的声音，令人不胜其烦。果波拿着抹布和从房东那儿借来的水桶走向玄关处的厨房。

果波在洗碗池中给水桶装上水，拧干抹布。在擦拭地板的时候果波依旧是快活的，嘴角禁不住地上扬，脑海里浮现出在这里度过的一年半的新婚生活。这一年半里，他们留下了许多回忆，唯独没有任何关于吵架的记忆。果波非常满意这段其乐融融的新婚生活，确信自己找到了对的人。

离开阿佐谷的公寓后，夏树修平坐上电车前往位于驹込的新居。新居离车站步行十二分钟、十六楼、全户朝南、三居室、四千六百七十万日元——修平走在飘荡着嫩叶气息的住宅区，回想起那个看了无数遍的分期公寓广告。

他脚步轻快，得意扬扬。二十七岁就完成如此高额的置业，难免为自己感到骄傲。简直是从地狱跃上了天堂。

巷子尽头有一面巨大的墙，上面贴着深棕色的仿古砖。把果波留在公寓独自过来是正确的。这个在他人生中最大的消费是送给妻子的礼物。馈赠礼物将会是今晚宴会最华丽的谢幕。

搬家公司的两台载重四吨的卡车已经停在了高级公寓楼前。和一楼的管理员简单打过招呼后，修平领着搬家公司的工作人员

1　叠是榻榻米的量词。

登上十六楼的新居。为数不多的家具被依次搬入铺设着木质地板、总面积为七十八平方米的现代新居。新买的家具前一天已经送过来了，开通天然气之类的手续也办好了，修平只需要在一旁安排家具的摆放位置。

搬运工作一个多小时就结束了。鉴于对方细心周到的服务，修平额外给四位工作人员每人五千日元的小费。这种慷慨在半年前是完全难以想象的。

搬家公司的人离开后，他走进浴室把自己冲洗干净，换上新的内裤。本想躺在床上休息一下，但他很快又改变了主意。新床应该和果波一起睡。

他在客厅的沙发上坐下，敞开身体，窗外隐约传来都市的喧嚣声。

修平突然想起两年前因为工作走进编辑工作室Book Craft时，似乎也是类似的情景。那是他去的第一个工作室。办公室里摆着五张桌子，其他人好像都出去了，只留下一个女孩。女孩坐在窗边的椅子上沐浴着柔和的光线，惬意地睡着。修平犹豫了一会儿，还是决定叫醒她。女孩从睡梦中惊醒，赶紧拿出名片："你好，我是白石。"也许是彻底清醒了，她很快就羞红了脸。修平看着名片上的名字——白石果波，不由得觉得这个名字真美。当时果波的额前还留着刘海儿。

现在回想起来，从各种层面上讲，那天是修平一生的转机。白石果波身上有某种特质让他觉得一定要认真对待这个人。那或许是易碎之物所独有的特质，或许只是单纯地因为这是命运的邂近。总之，修平迅速清算完几段拖延至今的男女关系，把心思全放在了果波身上。

表面内向的果波，风流浪荡的修平。熟识的朋友似乎都觉得奇怪，修平怎么会喜欢上果波这种类型的女生。修平自己也难以置信。就像是平时喜欢衣着华丽的人突然被人告知其实朴素的款式会更适合自己，修平不久之后便意识到自己之前根本没有弄清楚什么是逢场作戏、什么是爱情。以前的那些女孩只是逢场作戏的对象，果波才是自己真正的爱情。所以，他等了很长时间才和果波发生关系，比以前交往过的任何一个女孩都要久。他想好好珍惜果波，不仅是她的心，也包括她的身体。这种想法慢慢发展成强大的保护欲，于是他向果波献上了求婚戒指。

已经过去两年了。

修平再次环视这座属于他们的崭新城堡。自己能走到今天，少不了果波的功劳。对未来毫无打算，只顾眼前享乐且身无分文的自由作家，现在竟然出息到能在东京的市中心购置一套高级公寓。修平把手伸向耳垂，摸了摸即将愈合的耳洞，今后的问题是尽早让果波回归家庭，她现在还在 Book Craft 工作。

修平看了一眼手表，开始换上晚宴要穿的西服。最新定制的西服、意大利产的领带，还有专门为今天准备的科隆香水。

对着浴室的镜子调整好全身的装束，修平拿上钥匙正准备出门时，突然想起一件事。他走到那堆牛皮纸箱前，打开其中的一个纸箱，里面塞满二十多本书名完全相同的书。

修平重新注视了一番自己的作品，把它们放到空荡荡的定制书架上。

这本畅销书给夏树夫妇带来了巨额的版税。

书脊上写着《舒适生活学》。

2

阿佐谷的廉价公寓已经顺利退掉了。

果波打扫干净屋子，在瓷砖已经开始剥落的浴室洗了澡，随后去美容室做造型。她请造型师将自己的长发盘起，归拢在脑后。

做好造型后，果波回到公寓，穿上全新的礼服，和前来收房的房东进行交接。壮年的房东眯起眼打量着盛装打扮的果波，就像在打量自己的女儿。他把百分之九十的押金都退给了果波。果波向房东郑重道谢，离开了那间在新婚期生活的公寓。

她要去那个"老地方"和修平碰面。那是位于原宿边缘，离地铁站不远的都民会馆。

走进自动门，会馆里面还是老样子。宽敞舒适的大厅里摆放着公用电话、长椅和自动售货机等。那里总是开着空调，不管待多久都不用花钱，对于并不富裕的情侣而言是再理想不过的碰面场所。

结婚前真是来了这里好多次啊。果波注意着不让礼服起褶子，小心翼翼地坐在长椅上，陷入回忆中。

前来约会的修平在穿过自动门前有过各种表情，或是神采飞扬，或是闷闷地嘟起嘴，全然不知玻璃另一侧的果波在看着他。可一旦踏入会馆，他总会换成同一副表情。不管工作上遇到多么烦心的事他也从来不表现在脸上。与果波在一起的时光里，他总是发自内心地开心，主动引领着胆小怯懦的果波。在修平的邀请下，果波去了深夜的酒吧，还吃了露天小摊的拉面。

修平熟练地穿梭在各种玩乐场所，可果波并不觉得反感。因为她知道修平不仅是恋人，还扮演着保护神的角色。虽然是个偶尔会掉链子的保护神，果波却对他越来越着迷。

当时，果波经常想起拼图的碎片。会不会每个人的心都像拼图那样残缺不全？在旁人眼中，自己和修平或许是一对意外的组合，但他们心上的轮廓却能完美地贴合在一起。

交往三个月后的一天，修平结束了一个独立撰写四页特辑的大项目。那个夜晚，他们在麻布的酒吧举杯庆祝后走进了一家赫赫有名的大酒店，在那里完成了第一次结合。那是果波的第一次，过程中的痛感远比之前听闻的更加强烈，但是被修平抱在怀里的果波毫无疑问是幸福的。

那天过去没多久，修平就在他住的公寓里向果波求婚了。去帮他打扫房间的果波因为很中意路上顺便买的围裙，开心地收拾起厨房。在一旁看着的修平坐在椅子上突然说：

"我们结婚吧。"

果波停下手中的活看向修平。修平面不改色地继续说："我会好好珍惜你的。"

虽然是穿着便服的求婚，果波却无比高兴。那天修平的房间有没有打扫干净，果波直到现在也想不起来。只是那条围裙虽然已经不用了，但仍被果波好好地收着。

"久等啦。"

果波闻声回过神来，抬头发现修平已经到了。他穿着新制的西服，肩膀到胸口的线条看起来无可挑剔。修平进来之前是什么表情呢？真应该好好看看。果波有点后悔。

夫妻二人互相微笑着夸赞对方的打扮。修平说："脱下上衣看看。"果波脱下薄款外套，露出珍珠色的礼服。

"是不是长袖好一点？"果波问。

"现在这身就特别合适，发型也很好看。"

听到自己期待的回答，果波开心地微笑着，但还是反问道："是吗？"从开始交往到现在，果波从来没有听过修平对自己说一句否定的话。

他们迈着默契的脚步走出会馆，拦下一辆出租车前往位于赤坂的酒店。迎接他们的，是以他们为主角的宴会会场和为了庆祝丈夫的成功而聚在一起的人们。

旋转门里面流光溢彩，软绵绵的地毯包裹着果波脚上的白色高跟鞋。

走到二楼的宴会会场前，一张熟悉的脸已经在前台等候了。

"来啦？"用低沉的声音打招呼的是桥本直纪，修平的编辑，比他大一岁。今晚的宴会也是桥本一手策划安排的。

"真是麻烦你了。"修平说。

桥本摇了摇手，似乎是说"小意思"，他的脸上挂满了笑容：

"客气什么，恭喜呀，终于走到了今天，太好了。"

果波抬头看着高大的桥本，不禁替他高兴。桥本同时是果波在 Book Craft 的同事，年纪很小，还不到三十岁，所以在销售和沟通能力上火候稍显不足，不过公司的每一个人都相信他迟早会出人头地。这次修平的书大卖，对桥本而言也是盼望已久的第一场胜利。为了让那本书面世，桥本煞费苦心。要出版并销售出道不久的自由作家的作品是多么困难的一件事情，从头到尾陪伴着两人奋斗的果波再清楚不过了。

"客人都到得差不多了，要不先进去？"

"好。"

修平点点头，抓起果波的手往里走。果波害羞地低下头。

"你俩可真是，到现在也没有一点已婚人士的样子。"桥本笑着打开会场的大门。

果波和修平刚走进小型会场，人们的视线便立马集中到了他们身上。果波提醒自己不要害怕，要好好享受这个夜晚。欢迎自己与丈夫的掌声响起时，她的心中油然而生一股甜蜜的陶醉。

修平突然停下脚步，果波跟着他的视线看去，桌子中央摆放着的蛋糕映入眼帘，上面用巧克力写道：贺《舒适生活学》破二十万册。

修平感慨颇深地看了一会儿，随后牵着果波向来宾们一一致谢。

身为出版方的大型出版社——京文堂的出版部部长及以下的三位负责人、一直负责跟进到作品下印的各位Book Craft的同事，果波腼腆地与每一位上司还有同事打招呼，感谢他们的祝福。夫妇二人还从其他出版社的编辑那里收到了近二十张名片。似乎是为了尽量拓展修平的工作面，桥本向各家出版社都打了招呼。

傍晚六点过后，宴会正式开始。首先是出版方的部长站在麦克风前致贺词。他滔滔不绝地介绍说，在出版业不景气的环境下，寂寂无名的自由作家的作品竟然销出二十多万册并成为销量冠军，真的令人意外。他还夸奖说不仅作品内容精彩，作者解读时代潮流的能力也出类拔萃等。这些赞美之词难免令来宾感到无聊，果波却听得格外顺耳。少女时期刚开始学习打扮的时候，果波对任何赞美的话都很敏感。结婚后她又操心起人们对丈夫的评价，对此或喜或忧。

接下来Book Craft的社长用略带戏谑的口吻祝福了修平和果波。桥本最后邀请大家共同举杯庆祝，会场随后进入了轻松的会餐与谈笑时刻。

果波不停地和公司同事还有其他初次见面的业内人士交谈，眼神却一刻也没有离开在会场忙碌游走的修平。被赞美包围的修平前所未有地面红耳热。果波望着春风得意的丈夫，怎么看都不觉得厌烦。

"快乐的时光总是短暂的，今晚的宴会即将落下帷幕。"原定两小时的宴会超时十五分钟后，桥本对着麦克风说道，"最后我们有请今晚的主角夏树修平先生上台致辞。"

修平伴着热烈的掌声站在金色的屏风前，看上去多少有些紧张。那些见过平时嘻嘻哈哈的修平的人一定能感受到他此刻的认真。

"谢谢大家为我们夫妇举办今天的宴会……"修平开始致谢。听到"夫妇"二字，会场掀起一阵欢呼。脸颊通红的果波用笑容掩盖着眼角的泪水。修平向众多参与作品出版的工作人员献上感谢的话，结束致辞前他说今后也会和果波同舟共济，继续努力下去。

"吃了一肚子狗粮啊。"桥本打趣道。宴会就这样在一片欢笑中结束了。

宴会结束后，众人又在银座的酒吧安排了二次聚会，结束时已经是凌晨一点了。桥本递给修平一张打车券并拦下一辆出租车，夫妻二人先后钻进车里。

"阿佐谷……"果波正要脱口而出，马上又纠正道，"不对，麻烦去驹込。"

"您知道怎么走吗？"司机问。

"开到地铁站附近应该就能知道。"

车子开动。果波和修平对视一眼，长长地舒了一口气。

"感觉就像是很长时间没两个人独处了一样。"修平微笑着说。

"真的是。"

"明天开始又得好好加油了。"

"嗯。"

"在那之前，给你看一下今晚的保留活动。"修平说着便从口袋里掏出新居的钥匙，把它交到果波手上，摁住她的手指让她握紧。

果波突然意识到今天的忙碌原来是丈夫一手安排的。她之前还觉得奇怪，为什么搬家和宴会两件这么重要的事会安排在同一天。

"谢谢。"

"谢谢。"修平回应道。

到达驹込站后，又经过一段错综复杂的小路，出租车最后停在一栋高级公寓前。果波从车上下来，抬头望了望眼前这栋散发着高级感的巨大建筑物。昨晚还在住的阿佐谷的公寓和这儿比起来简直就是个火柴盒。

"走吧。"

在修平的催促下，他们穿过自动门，乘坐电梯来到十六楼。降噪措施似乎做到了极致，整栋楼寂静无声。走在走廊的瓷砖地面上，夫妇二人像酒店的房客那样仔细确认着房间号，最后在新居门前站住。

果波拿出修平方才递给她的钥匙，打开玄关处的房门，一股新鲜的装潢材料的香味扑鼻而来。修平的脸上露出些许得意，伸手摸到墙上的开关并打开。通往客厅的走廊顿时灯火明亮。

"夫人，您先请。"修平学着上次带他们看房的房产中介说。

果波哧哧地笑着，脱下高跟鞋踏入自己的领地。她穿过走廊，走进客厅，伸手拦住正要开灯的修平。客厅总面积十五叠，精装木质地板。果波来到窗边拉开窗帘，东京的夜景在玻璃落地窗外徐徐展开。

"好漂亮啊！"果波不禁感叹，修平却从身后一把抱住了她。

果波依偎在修平怀里，目不转睛地看着眼前如庭院般铺开的壮观景象。

"派对还没结束呢。"修平用天真无邪的语气在果波耳边喃喃道。

果波回头看着丈夫，他的眼神依旧如此温柔。见果波微微点头，修平一把将其抱起，就像抱起一位公主。他偶尔不算规矩的行为也总是隐约带着些许稚气，果波并不觉得讨厌。果波笑着把头埋进丈夫的脖子里，突然觉得自己和修平就像两个没长大的孩子。

卧室处于走廊中段。之前看房都是在白天，晚上进这个房间还是第一次。果波被修平抱到床上，床垫柔软又舒适。修平打开床头灯，关上房门，房间被淡雅的间接照明点亮。

和修平亲热，这个光未免有点太亮了。虽然已经结婚两年，果波还是会觉得害羞。修平将果波盘起的头发解开，迫不及待地亲吻着她。他一边亲吻，一边伸手绕到果波的后背，摸到裙子的拉链，向下拉开。几番互相亲吻后，修平把自己的衣服也脱了。内衣和内裤都被脱下后，果波用毛毯遮住自己一丝不挂的身体，随即意识到修平没有戴避孕套。避孕套应该是和洗漱用品一起打包了的。

她正准备说话，修平的唇就裹住了她的嘴，她的双手也被修平死死地摁在床上，反抗的意志不知不觉演化成了嗜虐的快感。

果波发出小声的呻吟。敏感的侧腹被另一只手来回抚摸，果波的腰不自觉地拱了起来。她恨不得修平现在立马进来。他的嘴唇贴着果波的肌肤缓缓下移，她的股间受到舌尖的爱抚，不一会儿下腹便涌上一股热流，果波很快就到达了顶点。忘我的一瞬渐渐平息后，果波对自己的身体感到疑惑。她觉察到这一次的感受似乎有所不同，极为敏感。

修平支起身体，拨动果波的腿。很快，敏感处被强行打开，一股迟钝的异物感进来了。果波细细感受着那股野蛮的力量。她用自己的身子紧紧夹住那股力量，从喉咙的深处发出呻吟。之前一直注意避孕，如此直接地肌肤相亲还是第一次。这回真的能合二为一了。在前所未有的浓厚的亲近感的催化下，果波的心跳不断加快。

修平开始缓慢地继续活动。刚开始只是浅浅的，后来越来越深。太妙了。果波意识到身体的更深处渴求着修平时，她的身子已经被高高抬起，呻吟声更大了。与此同时，女性独有的敏感突起也得到指腹的殷勤爱抚，果波到达了第二波的高潮。

从陶醉中苏醒后，一股踏足禁地的心虚突然袭击了她。在修平的引导下，果波任人摆布地变换体位，她感受着乳房的重量将自己完全托付给背后的那股刺穿全身的感觉，第三波高潮铺天盖地地来了。

身体终于解开，果波舒了一口气，她转过身面对着丈夫。这时，修平抱起她的腰，果波双腿顿时悬空。当她以蹲坐的姿势重新落在床上时，修平干脆利索地继续动作。果波发出颤抖的声音，她想在修平身上躺下，修平却抓住她的双肩用力往后推。自己现在看起来究竟是什么样子？正这么想着，突然感到下一波高潮似乎即将到来。不过，虽然已经尝到了与此前相同的敏锐的快感，可她却隐约觉得前面还有另一个世界在等待着她。她身体的重量一下子集中在下腹最底部，体内立马传来一股超乎想象的爽感。松垮的头发像毛刷般摩挲着果波赤裸的后背。响彻整个房间的娇喘声让果波感到更加羞耻，同时刺激着感官。此刻的果波只记得自己是个女人，其他的一切都已抛诸脑后，她感到自己正在被塑造成一个真正的女人。她已放弃抵抗，甘为性的俘虏。她趴在丈夫身上，全身化为快乐的温床。

没有任何东西可以保护一丝不挂的自己。果波干脆将一切思考抛到九霄云外，迷失在超凡的快乐中。她颤抖的双手无意识地摸索着什么能抓在手上的东西。在飘忽感与下坠感的双重作用下，果波觉得自己越来越虚无缥缈。快感纯净得只剩下耀眼，犹如茫茫雪原中纯白的恍惚 —— 反复到来的恍惚。她甚至以为高潮会永远持续下去。经过几波连续的剧烈高潮，她弓着身子，不确定自己是否还活在人间。

果波流泪了，浑身瘫软。感受到一股滚烫的液体喷射后，她顿时失去了支撑的力量，向着修平的胸口依偎而去，修平则用一个深深的吻接纳了她。丈夫撩起她的头发，轻轻抚摸着她的头。修平温柔地看着依偎在自己胸口的果波，两人的距离有点近，果波难免觉得羞涩，不过她多希望修平可以永远这样抱着她，抱着她这个女人。

紧抱着怀中的妻子，修平品尝到一种奇妙的成就感，还有一种果波终于在真正意义上成了他人生伴侣的满足感。

果波胆小内向，各方面均消极被动，交合时也总是隐忍着不愿发出过大的声音。自从修平得到果波以来，他注意到果波总是在快乐的入口突然折返，她身体的感觉迟钝也是因为她将自己严严实实地关在名为羞耻心的高墙之内。而今天晚上，果波破天荒地放下了自己的矜持。以前她只是微微皱起眉头，今晚的她却露出了苦闷的表情，像是强忍着剧烈的痛苦。那个一丝不挂地坐在自己身上，忘我地扭动着身体的妻子看起来是如此可爱、漂亮，甚至还有几分清纯。就这样多好，修平心想。女人无须担心自己在房事中表现得过于主动，那只会给她们的魅力增色。

修平看着果波的脸，她闭着眼睛，呼吸慌乱，两颊还留有泪痕。带着几分羞怯的天真又回到了她脸上。比一般人有着更多女性经验的修平此刻却觉得自己应该再也不会屈于其他女人的裙下了。那或许只是年轻人轻率的确信，可怀抱着妻子的此时此刻，他的心中充满了对妻子不可抑制的爱，这是毫无疑问的事实。

修平全身上下共同承受着妻子软绵绵的身体、她的重量以及她的柔软。散发着花朵般甘甜体香的果波是如此惹人怜爱。

修平觉得自己今晚征服了一个女人，也被那个女人所征服。

包裹在他的体温里，果波诘问着自己的身体。

蓄积在下腹的温热化作隐隐的疼痛残存下来。

怀孕了，果波感觉。

3

矶贝裕次这一天格外忙碌。

上午门诊坐班的时候竟然来了三位极为耗时的初诊患者。此外还各来了四位抑郁症患者和神经官能症患者。诊查直到午休时间还没有结束,从本馆一楼的门诊室回到新馆五楼的病房时,他已经完全放弃了吃午饭的念头。矶贝任职的文京医科大学医院的精神科和其他科室比起来历史尚浅,一直处于一种慢性的人手不足的状态,近年来患者仍不断增加,根本应付不过来。

看完新入院患者的情况后来到护士站,已经有客人在等他了。那是矶贝的前同事,从妇产科过来的女医生广川晶子。

矶贝笑着朝这位同龄女医生点了点头。在医学部上学时,广川是矶贝所在橄榄球部的学生经理。现在想来,那已经是十五年前的事了。

"检查结果出来了。"广川将检查科送来的报告递给矶贝。那是矶贝的患者。

听着这位女医生的说明,矶贝棱角分明的脸逐渐皱了起来:"HLA 配型一致?"

"嗯,患者老公和她的白细胞配型相似。"

矶贝在脑子里拼命搜寻着当初专攻妇产科时学的有关知识。他隐约记得复发性流产的原因之一是夫妻间 HLA 配型一致。这种病例极为少见，但是如果夫妻二人的白细胞配型极度相似的话，即使二人的生殖能力完全没有问题也有可能要不到孩子。

"不过……"广川晶子继续说，"最近也有人说这不是流产的原因。要是这种说法站得住脚的话，户田小姐不孕的原因就不好说了。"

矶贝回忆起患者户田麻衣子的症状。二十九岁的已婚女性，体型瘦弱，不属于肥胖型的循环性精神疾病。因为总是无法受孕所以来妇产科寻求治疗，为了弄清楚不孕的原因几乎做遍了所有检查。在这期间，患者陷入了高度抑郁状态，于是医院让矶贝所在的精神科参与会诊。矶贝专攻会诊联络精神病学（Consultation-liaison Psychiatry），这种病例完全属于他的专业领域。Liaison在法语中的意思是"密切"，也就是说当其他科室的患者出现精神上的异常时，他们要和其他科室的医生合作，商量治疗方案。除了给癌症患者、截肢患者等不幸的人提供精神层面的护理之外，由于矶贝还有妇产科的工作经验，他还经常能接触到孕妇和为不孕所困扰的女性。

矶贝看了眼手表，一点二十分。距离户田麻衣子下午来门诊的时间已经所剩无几。"这种情况，后面打算怎么治疗？"

"让她接种丈夫的淋巴球，然后观察情况。"

"有多大概率能治好？"

"不是很确定。"广川为难地说，"有报告说受孕率会上升，也有研究说并没有什么起色。这个领域一切都说不准，每五个患不孕症的人里就有一个是搞不清原因的。"

矶贝和广川在一番对视后，不约而同地笑了。他们都企图用笑容打消陡然萌生的无力感。对于女性的身体为何可以孕育生命这一命题，医学尚未完全解释清楚。胎儿相当于是生存于母体内的一个异物，那么免疫系统为什么会如此宽容地对待胎儿，就连这些基本问题也还没有被研究明白。人体天生会排除异物，为什么唯独胎儿会得到保护？从目前的免疫学看来这是根本不可能的事，是极为异常的现象。

看来妇产科也和精神科一样，都是赤手空拳在战斗，矶贝不禁感慨。

"了解了，我也会尽力的。"

"拜托了。"

告别广川，矶贝离开护士站走向电梯前往位于一楼的门诊室。他站在电梯里，思考着户田麻衣子的情况。

广川医生所说的治疗方法恐怕很难有效治疗不孕的问题。HLA 的检查结果对于患者而言也不是个好消息。今天是户田麻衣子第三次求诊，上次诊察时，矶贝将其诊断为内因性抑郁症。应该是不孕症这一身体症状引起了心理问题，导致脑内神经递质紊乱。

针对这种情况，矶贝对药物治疗的方法比较乐观。虽然现在还没有弄清内因性抑郁症的原因，但是对症疗法中使用的特效药已经接连被开发出来，同时也签好了患者的药物依从性确认书。抗抑郁药和抗焦虑药双管齐下应该能防止症状迁延。

已经下到一楼的矶贝开始考虑另外一个主要治疗手段——精

神治疗。精神治疗中，参与治疗的精神科医生在配合药物治疗的同时，还会与患者进行语言上的交流，借此找到病因并加以排除，帮助患者恢复良好的心态，这便是所谓的心理治疗。但是就饱受不孕困扰的户田麻衣子而言，矶贝不难想象会出现哪些妨碍治疗的环境因素。

她嫁入了一家世代传承的料理店，到本乡界隈这一代已经传了五代，一家人都眼巴巴地盯着户田麻衣子，希望她能生个孩子继承家业。她肯定从公婆那里受到了相当大的压力。据说，自从住在一起的婆婆开始胡乱猜测夫妻二人可能无法生育之后，就从来没给过儿媳妇好脸色。根据上次丈夫一起参与问诊时所得知的情况来看，矶贝猜测他们家里不仅考虑纳入养子，她的婆婆甚至提出让他们离婚。

这些无疑是导致户田麻衣子抑郁的诱因。把儿媳作为生殖工具的恶习虽然没有以前那么猖狂，但这种观念仍根深蒂固。户田麻衣子可以说是这一冷酷现实的受害者。但是除了这些患者特有的生活因素，矶贝个人还有一个难以释怀的困惑。

那是一个关于母性的问题，是关于想生孩子这一难以解释的渴望。

受到不孕困扰的女性当中，有不少人热切地期望自己能有生育能力，其执念之深常常令矶贝感到困惑。每次遇到这样的患者，他总是觉得不可思议。为什么她们会对怀孕有如此强烈的渴望？是因为"女人的天职就是生孩子"这些封建糟粕已经深入骨髓了吗？还是说其实她们的内心隐藏着一种不受任何文化影响的"一定要生下我自己的孩子"的强烈冲动？

矶贝认为是后者，虽然个体之间可能存在程度上的差异。会不会是大自然对人类这一物种的雌性生物植入了这样的一段程序？要是女性不渴望生育，人类早就灭绝了。过去二十万年的历史中，没有一个人不是从女性的身体里生出来的。

虽说如此，矶贝仍然难以打消自己的困惑。自己身为男性，虽说也想要个一儿半女，但是这个愿望并没有强烈到实现不了就会抑郁的程度。所以当他作为一名精神科的医生去面对那些受到不孕症困扰的女性时，虽然说在病理学上能够理解她们，却很难在情绪上与她们产生共鸣。

矶贝走进诊室，重新查看病历，把心思集中到现实的治疗策略上。户田麻衣子已经陷入了恶性循环。不孕症引发了抑郁症，抑郁的心情又反过来导致不孕症进一步恶化，这种可能性不是没有。虽然说这依旧不过是医学上的模糊推测，但是确有报告证明女性的精神状况会影响受孕率。尤其是如果反复带着产子的义务感进行性行为，别说是高潮，就连身体都会受到极大的精神压力，这反而会降低受孕概率。户田麻衣子的生育机能没有任何器质性问题，精神科的任务就是减轻她的抑郁，清除阻碍她受孕的精神因素。只要能生孩子，将来她抑郁症复发的风险应该也非常低。

下午的门诊就要开始了。一名护士走了进来，问："您准备好了吗？"矶贝点点头，放松脸部肌肉。当初从妇产科更换专业方向到精神科的时候，接收他的教授只提出了一个建议："你小子面相凶狠，接待患者的时候表情要尽量温柔一些。"矶贝伸出骨节突起的手掌搓了搓脸，正了正身上的白大褂。

门打开了，户田麻衣子微微低着头走了进来。略显蓬乱的头发，苍白的皮肤。她没有化妆，打扮上似乎比上次更加不修边幅。从这些表现来看，她的抑郁一定更加严重了。她身上那条朴素的连衣裙就像是在诉说她的心理状态。

矶贝把麻衣子迎了进来，看着她在凳子上坐好，然后用问诊时独有的略微高扬的语调问："您今天是一个人过来的吗？"

麻衣子点点头，小声说："我丈夫要工作。"

"他一定太忙了。"矶贝试着打圆场。他隐约感觉麻衣子的处境似乎更加艰难了。陪同不一定需要丈夫，婆婆也完全可以。"上次回去感觉怎么样？"

麻衣子抬起头，红着眼眶。本来就清瘦的脸现在看起来更加消瘦了。矶贝继续保持着和善的表情等待她的回答。

"没有任何好转。"麻衣子低下头，用颤抖的声音说，她的声音听起来就像一个幼儿，"我真的好想要一个孩子啊。"

透明的眼泪滑落在地板上，洇开。

矶贝突然警惕。与带有自杀意念的急性期抑郁症的战斗即将开始。

搬入新居已经一个月了，其间，《舒适生活学》的销量骤降。按照编辑桥本的意思，今后应该不会加印了。

此刻的修平正在前去采访的电车上，他在脑子里反复计算着收支。书的定价是一千两百日元，他的版税税率是百分之六。之所以比行情低，是因为这本书是出版社策划、交由编辑工作室承接的，也就是说修平是工作室雇来的写手。对方一开始提出的是固定金额的买断合同，但是后来在桥本的争取下获得了版税合同。书出版后大受欢迎，最后一共卖了二十二万册，修平得到的报酬差不多是税前一千六百万日元——这个金额相当于过去年收入的五倍以上。

但是，修平望着车窗外的站牌陷入沉思。公寓的首付和各类手续费共花了一千二百万日元，还有一百万日元用在了购置家具和搬家上，剩下的都交了税。面向写作工作者的平均课税制度为他节省了一部分税款，虽然不多，但也算是帮了大忙。

现在，家里只剩下夫妻二人辛苦攒下的一百多万日元存款了。与此相对，家里每个月的花销中，光是房贷就要十四万日元，算上物业费和水电费差不多要二十万日元，正好和果波在 Book Craft 的月收入持平。伙食、衣物、娱乐等的支出情况决定了夫妻二人今后的生活质量，而这些完全取决于修平今后的收入情况。

修平不常反省，不过这回还是稍微反省了一下。自己是不是有点高兴过头了？有必要为买新的家具而花上好几十万日元吗？第一眼看到八位数的数字出现在存折上时，修平顿时被一种巨款带来的异样的万能感所支配，根本没想到那只够市中心一套公寓的首付。

人往高处走，修平对自己说，你离山顶还远着呢。只要肯努力，一定可以过上更好的生活。我要拉着果波的手和她一起爬上山顶。

电车从东京都驶入埼玉县，到站了。采访安排在市营动物爱护中心进行，是一个关于"惨遭遗弃的萌宠"的策划，会在周刊杂志上放两页的版面。包括拍摄和电子稿件的撰写，报酬一共是两万日元。

修平步行至动物爱护中心，向工作人员说明来意后，前一天电话联系过的职员前来接待。

"夏树修平先生？"中年职员接过名片后仔细打量着修平，"我好像在报纸上还是哪里见过您的名字，您是不是出过书？"

"是的。"修平微微一笑。

"没想到是您这样的名人过来采访，真是荣幸至极。"

稿费可没几个钱，修平在心里暗自吐槽。他打起精神，从背包里掏出A5大小的采访专用笔记本和圆珠笔开始采访。

对于修平提出的问题，对方均对答如流。全国范围内每年处死的猫和狗分别差不多达到三十万只，安乐死主要使用气态二氧化碳，被处理的动物中百分之九十是小猫和小狗，为了减少处死的数量举办了各种教育活动，但是丢弃宠物的毫无责任心的主人却并未减少。

"为了不让更多动物遭遇不幸，我们强烈呼吁大家给宠物做好绝育手术。"职员的回答充满了对被处死的动物们的同情，对于爱狗人士修平而言，多少有了一丝慰藉。

"有的时候……"职员正色道，"我们会受到一些批评，说我们太残忍了。其实我们的所作所为真的不是我们所希望的。真正残忍的是那些随意遗弃动物的主人，我们只是给他们擦屁股而已。"

听他这么说，修平想起前一天的采访。杂志编辑通过个人手段找到一位遗弃了三条小狗的主人。男人兴许是看到了修平严厉的责难，突然扯着嗓子说："如果不是有难处谁会遗弃它们啊！我也很痛苦的！"

那些被无辜杀死的小狗不会因为你这句话得到任何安慰，修平心想，可终究没有说出口。

结束采访后，修平掏出带有变焦镜头的小型摄像机拍了一些那里收养的猫咪和狗狗。要是找不到愿意领养的主人，不久之后它们面临的就是被处死的命运。你能为它们做些什么呢？修平扪心自问。他很清楚，自己什么也做不了，不过今天回去还是先不要把这些事情告诉果波吧。每次他们在街上遇到宠物店，果波总会露出无比温柔的笑容，一动不动地盯着狗狗和小猫咪看。

坐着返程电车回到市里时，已经过了傍晚五点。修平走进熟悉的那家咖啡店，桥本在那里等他。

这位《舒适生活学》的编辑见到好友后露出熟悉的笑容："怎么样，新家住得舒服吗？"

"比之前那个破烂公寓可好太多了，根本不是一个等级的。"

"那就好。"

修平还从没当面感谢过这位在幕后默默支持、给自己的作品带来巨大成功的人。他本想借今天这个机会好好道个谢，又觉得这么做过于生分，终是没有开口。况且就算不明说桥本应该也早就感受到了自己的心意。

"话说，在那之后工作怎么样？"

修平从双肩包里掏出A5大小的资料递给桥本："我写了一个新书的策划，准备拿去京文堂试试，你先看看。"

桥本接过策划书，看了大概十分钟。再次抬起头时，脸上露出些许担忧："会不会太一本正经了？而且写经济和犯罪主题的竞争对手一抓一大把。"

"我知道你想说什么，不过我想换个路子。一直局限在时尚和室内装饰领域，一眼就望到头了。"

"可是……"桥本把手抱在胸前，"好不容易混出点名头，暂时沿着当前的路线走下去会不会好一些？"

"版权方是怎么打算的？有没有计划要出第二部之类的？"

"嗯……"桥本略显为难，"上次有机会见到部长，旁敲侧击问了一下，他们好像觉得《舒适生活学》只是一时热销，不打算出第二部。"

"只是一时热销"的说法让修平很不舒服，他并不愿意这么想。自己的文章里一定有什么吸引读者的独到之处。修平压抑着内心的不快对好友说："既然这样的话就更得用别的策划……"

"别急呀，先冷静下来好好想想。其实我这儿有另外一个项目……"

"什么？"

"经堂出版准备做一本新的时尚杂志，他们找到我们工作室，希望我们能派遣几个记者过去。Book Craft也打算借这个机会正式发展写手的派遣业务。"

"所以打算把我派遣过去？"

"嗯，如果你愿意接的话，我们会和你签一份契约员工的合同。"

"工资按提成算吗？"

"不是，按固定工资。底薪十八万日元，然后……"

"十八万日元？"修平突然打断，"这不是比果波的工资还低吗？"

桥本抬眼瞥了一眼修平。修平意识到自己似乎忘了这位编辑的恩情："抱歉，自从那本书畅销后，很多东西都变了。我有时候也在想自己是不是有点飘。"

桥本笑了笑，直截了当地说："你自己知道就好。"

"不过我还是想说，能不能再让我做会儿梦？我希望自己写的东西能在社会上发挥更大的作用。现在这样连一只猫也救不了。"

"生活怎么办？一本畅销书的版税应该不够买一套公寓吧？"

"我知道有点冒险，不过好在果波也有工作。"

桥本点点头："好，我知道了。我只是给你提供一种选择，你记得有这么回事就行。"

"嗯，谢谢。"

"我最后再说一点。"桥本正准备拿桌上的小票去结账，他停下伸出的手，说，"你在《舒适生活学》里提出的生活方式完全吸引了读者。这本书可以让人忘记现实生活的一地鸡毛，刺激他们去畅想更加美好的生活。虽然只是一场短暂的梦，也许三天后就忘记了，但是我觉得对社会是有作用的。"

修平隔着玻璃窗望着咖啡店外来来往往的年轻人，听着桥本继续说。

"太飘不行，但是也没必要妄自菲薄。"

这才是真正的朋友，修平心想。他只是微微点了点头，不过桥本应该能感受到自己的谢意。

周期性的身体变化来了，果波的情绪有点低落，她感觉乳房胀胀的，乳头非常敏感，可是关键的月经却迟迟不来。

已经迟了两周了。

从公司厕所出来，果波回到自己的工位。傍晚时分，Book Craft 的办公室里只有自己和一位负责美工的女孩。

会不会是怀孕了？果波心想。她抬起头，看着趴在电脑前工作的同事的背影。淡紫色的夏季衬衫配白色的喇叭裙。不知道为什么，果波觉得她的后背似乎散发着一股浓重的女人香。

月经怎么还不来呢？和修平登记结婚后搬到阿佐谷的廉价公寓时也是推迟了两周左右。难道是搬到驹込后生活环境的变化给身体带来了什么影响？还是说……

那天晚上的预感再次闪过果波的脑海。早知道应该量一下基础体温的，果波有点后悔。要是怀孕的话，应该会持续一段时间的高温。

"我先走啦。"果波收拾好桌子上的发票，把包包挂到肩上，"辛苦走的时候锁一下门。"

"拜拜。"美工小姐姐的视线并没有离开电脑屏幕。

去地铁站的路上，果波留意着路上的药店。JR水道桥站的高架桥附近有几家药妆店。果波选择了距离公司最远的一家，忍住害羞买了一盒验孕棒。八百八十日元。

她坐上电车，在驹込站下车后采购好晚上的食材往家走。每次乘坐公寓的电梯，她总是洋溢着对新居的满足感，今晚却没顾上这种心情。果波把东西放到厨房的桌子上，打开验孕棒的包装盒。里面是一条形状像体温计的塑料棒。说明书上说是对尿液中的荷尔蒙含量进行测量，以此判断是否怀孕。生理期推迟一周后可以检查。

果波记住检测方法，走进厕所给验孕棒的一头蘸上尿液，然后遵循注意事项盖好盖子，把它放到地板上。小小的圆形窗口如果出现紫红色的线条就代表阳性，也就是怀孕了。"该检查仅供参考，最终结果请以医生诊断为准。"果波反复回想着这条注意事项，静静地等待着。一分钟后，一条紫红色的线条清晰地浮现在窗口中。

怀孕了。

有好一会儿，果波一动不动地盯着验孕棒。

修平和我的孩子，就在我的肚子里……

可是，为什么会感到不安呢？为什么会有一股似乎是很久以前就一直梗在心里的漠然的恐惧呢？

玄关传来开门声，很快便听见丈夫的声音："我回来了。"果波急忙整理好衣服，走出卫生间。

"回来啦。"见到果波，修平带着倦意的脸一下子明朗起来。

和结婚前一模一样的反应，只要和果波在一起修平就会很开心。这让果波心生期待。

"我今天见着桥本了。"修平一边脱下外套一边说，"他觉得策划书很不错，再努力一把，说不定能出。"

"是吗？太好了。"果波笑着接过丈夫的外套。验孕棒的包装盒被她随手放在了桌上。

修平的视线扫过餐桌，马上又落回验孕棒的包装盒上。

夫妻二人四目相对。果波沉默地等待着，希望丈夫说些什么，却发现丈夫似乎也在等她说话。

果波咬咬牙，说："我好像有孩子了。"

修平的表情让果波倍感陌生。惊讶与不知所措同时出现在他的脸上，唯独没有出现果波热切期待的微笑，修平的眼睛深处似乎还在盘算着什么。果波顿时感到心痛，就像是小时候被人用铁棒当头一棒打在鼻尖。果波的眼泪要出来了。

"没搞错吧？"修平的语气中透露着慌张。

果波强忍住眼泪："要请医生看一下才能确认。"

修平放低视线，连连点头："明天请假去看一看吧，这个可马虎不得。"

"嗯。"果波小声回答，她实在没有勇气质问丈夫的态度为何如此模糊。

之后两人寡言少语地吃了晚饭，修平泡了澡，果波则简单冲洗了一下。直到进入卧室熄灭灯光，丈夫平日的活泼劲也依旧没回来。

明天一定会是个好日子，躺在床上的果波对着自己的肚子轻声说。

4

第二天一早，修平起床后立马翻开电话本，从各色医疗机构中进行挑选，希望找一家看上去比较值得信赖的大型医院。最后在距离地铁一站远的地方找到一家名为"文京医科大学医院"的大学医院。虽然是一家私立医科大学，却是入学门槛极高的名门大学。

吃早餐时，修平把医院的名字告诉果波，并告诉她可以陪她一起去。"我自己去就好了。"考虑到丈夫的工作，果波选择独自前往。天气预报说不久后将入梅，天空灰蒙蒙的。

目送身穿半袖连衣裙的果波出门后，修平回到玄关旁的那个房间，这是他工作的地方。房间约六张榻榻米大，靠墙的书架上摆放着各种词典与资料。修平在桌前坐下，打开笔记本电脑，用电子编辑器开始工作，《惨遭遗弃的萌宠》的写作却没有任何进展。

当初选择这间公寓也是考虑到未来的规划。修平从电脑前抬起头任由思绪蔓延。三个房间里，一间是他和果波的卧室，另外一间是修平的工作间，里面那个现在用作杂物间的是宝宝房——工作顺利的话可以在附近租一间便宜的公寓用作工作间，这样家里就可以住下两个孩子。

和果波的孩子……修平的脑海里突然浮现出一个婴儿的笑脸。一定是那天怀上的，搬到这里的那个晚上。和果波有了肌肤之亲以来，只有那天没有采取措施。

检查结果到底怎么样？药店的验孕棒准确率高吗？

修平焦躁不安，干脆拿起了电话。学生时代的朋友里，有人的孩子已经上幼儿园了。修平从电话的通信录中找到其中一个人的号码，拨通了电话。

文京医科大学医院有着浓厚的历史气息。医院非常开阔，有新馆和旧馆两栋大楼。各层的外墙铺设着管道，看样子是最近翻新的。

一进入室内，一股医学重地的气息便扑面而来。走廊被擦拭得亮洁如新，不时能看见两侧房间里的先进医疗器械和检查器具。各科的等候室坐满了等待接受诊察的患者。

果波走到前台拿出健康保险证，表示希望接受妇产科的检查。按照要求在妇产科的问诊表中填入住所、姓名、年龄等基本信息后，果波在第一个问题上停下了笔 —— 请填写您初潮的年龄。

是什么时候呢？果波回想着。她肯定自己没忘记，却怎么也想不起来。果波苦苦回忆，就像在回忆一个老朋友的名字。尽管如此，她却只回想起了身体线条开始野蛮生长时自己所感受到的少女时期的困惑。果波放弃挣扎，在问诊表上写下一个平均的年龄 —— 十二岁，然后继续填写剩下的问题。

完成初诊登记手续后，果波向妇产科的门诊区走去，她心中的疑虑依旧没有消除。身为女人的快乐与不安如今已失去平衡，天平开始往不安的那头倾斜。

突然，耳边传来一阵抽泣。果波抬起头，看到在右侧走廊尽头，迎面走来一位身形消瘦的女人。看着满脸泪水的女人，果波也莫名地鼻根一酸。只见她背后的一扇门打开，一位脸型棱角分明、身材魁梧的医生探出头来，满脸担忧地目送着哭泣的女人。

果波抬头看了一眼吊在天花板上的指引牌——精神科。看来自己是迷迷糊糊地走错路了，果波拦住一位路过的护士打听到妇产科的位置，一路找了过去。

在等候室等了将近一个小时。果波坐在一群肚子已经完全鼓起的孕妇身边，心里非常没有底气。"夏树小姐。"听到自己的名字后，果波终于走进诊室。

诊室里坐着一位小个子的女医生，看上去应该有三十出头，她说她叫广川。医生看着问诊表询问果波的既往病史、是否有过怀孕经历以及本人或家人是否有过相关疾病等。询问结束后，广川说："下面进行触诊。"

看着眼前的医疗椅，果波畏缩了。不同于内科检查时使用的平坦的诊床，医疗椅需要张开双腿，弓起膝盖才能躺下。

"不用害怕。"听到广川温柔的催促，果波慢慢躺下。胸部和腹部的触诊结束后，果波被脱去内衣裤。腹部的位置拉上了医用隔帘，这让果波的羞耻感缓解了不少。麻利地完成触诊、窥阴检查、内诊后，广川医生提醒果波："就算肚子里有孩子也不影响哦。"话音刚落，医生便将超声波检查棒插入了果波的阴道。

果波一动不动地躺着，静静地等待结果。过了一会儿，广川微微掀开医用隔帘，调整好超声波检查仪的显示器角度，对果波说："夏树小姐，请看这个。"

显示屏中，在一堆数字和字母的包围圈里浮现出一张模糊的宫内黑白成像。

广川指着图像开始说明："这里这个小小的东西就是胚胎。"

"胚胎？"

"也就是宝宝。"

"欸？"女医生和护士看着难以置信的果波，温柔地微笑着。果波意识到自己也应该要笑，于是露出笑脸。

"恭喜，怀孕七周了，宝宝的心脏已经在扑通扑通跳了哦。"

果波将视线移回图像上。那是一个小小的可爱的黑色轮廓。

"上面圆圆的这个是头，下面是身体。可能看不大出来，手和脚也长了一点出来。现在差不多是三厘米大小。"

这就是我的宝宝。果波心里感到一阵酥软，心像是包裹在一层棉絮中。

检测棒拔出后，果波刚整理好衣着，广川就开始了说明。怀孕周数的计算方式、为了防止流产生活中需要注意的问题、后续要做的各项检查等，最后她说："从上一次月经的最后一天开始算起，预产期是明年的 1 月 27 日。"

水瓶座的宝宝。显示器里的图像反复出现在果波的脑中。

我的宝宝。

在肚子里萌芽的小生命。

计算结果非常糟糕。把朋友在电话中提到的生产、育儿、教育的费用与家中的收入情况放到天平上，结果一目了然，能选的路只有一条。

　　修平绝望地扔下笔记本。如果真的怀上，果波一定想生下来。修平也不是不想要孩子。但是眼下自己的下一份工作迟迟定不下来，实在不能盲目乐观。如果出不了书，只能像以前那样给杂志供稿的话，房贷只能用果波的固定工资偿还。可果波是合同工，基本享受不到福利待遇，而且如果要生孩子，合同很可能被解除。光靠存款的话最多能撑三个月，眼下实在没有生孩子的条件。

　　可修平实在不愿看到妻子难过，他甚至考虑过卖掉这间刚搬进来不久的公寓。房产中介在电话中提醒："要搬的话一定要尽快。"没入住的房子卖出去的话，成交价大概是原价的九折。但是如果让别人知道已经入住了的话，房子就会变成二手房，资产价值将大幅下降。弄不好房子没了还要背上一身债。

　　看来卖房这个选择还是作罢比较好。不仅数额上划不来，修平心里也不太愿意，他不想放弃这座自己一手建起的城堡。无论如何也一定要守住这套三居室的房子。

　　只要把一切说明清楚，果波也一定会理解的吧。她应该也不希望失去那令自己醉心的夜景吧。

　　房间外传来玄关处的开门声。修平收起笔记本，告诉自己：男人应该负责做现实上的考量。他打开工作间的房门。

　　欸？刚脱下平底运动鞋的果波意外地抬头看着修平。看着果波满脸的温柔，修平非常不解。

果波露出暧昧的微笑，说："怀上了。"

"是吗？"修平觉得自己的语气已经尽量平淡了，没想到果波抬头看着他，脸上蒙上了一层阴云。对于修平要宣告的事情，她似乎已经有所察觉。

"到厨房说吧。"修平率先走向走廊，果波乖巧地跟了过来。两人隔着桌子坐下，修平将笔记本递给妻子，"我想了很多，以目前的经济情况，就算生下来……也养不好。"

接下来的时间里，修平列举了具体的数字进行说明。果波耸起肩膀安静地听着。五分钟过后，修平觉得自己想说的话已经全部说完了。他给出最后的结论："很遗憾，这次就先算了吧。"

果波突然开口："要是没有这里的房贷就好了。"

"也不是说以后就怀不上了对吧？"修平勉强挤出笑容，"等我们给他创造一个更好的成长环境后再考虑吧，这样对孩子比较好，孩子也一定会高兴的。"

"为什么？"果波反问。

修平不知道果波什么意思。他以为这是果波拼死的抵抗，可她脸上却毫无敌意，反倒显露出一种令人费解的平静。看着果波的样子，修平反而无所适从了。

果波把手撑在桌子上站了起来。她提起包，说："我去买晚上吃的东西啦。"

"嗯。"修平不知道该怎么回答。

果波避开和丈夫的对视，出了门。

第一次伤害了妻子之后的愧疚感涌上修平的心头。修平起身走到阳台，将自己浸没在室外湿冷的空气中，心情却和梅雨时节的天空一样被乌云团团围住。为什么会变成这样？他想咒骂，可是该骂什么呢？没有戴套的自己？不过是没有把那层橡胶膜套上，难道就错了吗？就因为这个就必须接受如此痛苦的遣责吗？太愚蠢了！修平在心里骂道。现在这世道，面向青少年的杂志中的色情信息泛滥成灾，圣诞夜东京的酒店里全是颠鸾倒凤的情侣。两个相爱的男女，而且已经步入婚姻的夫妻怎么就不能尽情行乐？

　　从十六楼俯瞰地面，果波离公寓渐行渐远的背影出现在眼前，她微低着头，脚步显得异常沉重。第一次见到妻子如此令人心酸的样子，修平动摇了。果波当时注意到了吗？他突然想起。果波那天会不会已经注意到了自己没有戴避孕套？如果注意到了，她也算是同罪吧？果波当时为什么没有提出异议保护自己呢？现在一切都覆水难收了。

　　修平关上窗户回到客厅，让身体陷入沙发。自己是不是过于缺乏负罪感了？他感到一种想责怪自己却又无法彻底陷入自责中的焦躁。是不是因为男人只顾获得快感，无须承担肉体上的伤害？果波是不是独自承担了剩下的所有负罪感？

　　这种感觉极为奇妙。心仿佛离开了现实世界，飘飘忽忽地浮在半空。

　　肚子里住着一个宝宝。光是想起这个，果波就觉得无比幸福。多希望能一直置身于这份幸福中。

上楼梯的时候，在电车上坐下的时候，果波的左手都会下意识地护住下腹。果波想尽量保护这个幼小的宝宝。下了电车进入闹市，在走向百货店的路上，果波恨不得现在就把自己的孩子哄逗一番。

果波乘着扶梯上到商场九楼，走进婴儿服的卖场，一件件地盘点着那些小小的衣服。

红的、白的、蓝的、黄的。这些包裹宝宝的东西，无论是颜色还是触感都如此温柔。有一件可爱的粉色斗篷，应该是穿在同色系的吊带裤上面的。如果是个女孩一定要给她穿这个，果波畅想着。她看了一眼价签——

九千八百日元。

果波愣住了。她意识到他们根本买不起这件衣服，他们还有每月十四万日元的房贷要还。

她想起修平刚才的表情。他勉强挤出笑容，淡漠的眼神却出卖了他。当时他身后的夕阳可真好看啊。那个时候要是自己竭力争吵，心里的不快一定会不可遏制地喷涌而出，所以她什么也没说。

两个小孩跟跟跄跄地从脚边跑过，一位母亲微笑着跟在他们身后。抬起头才发现，整个楼层到处都是带着孩子的母亲，店员也都是女性。和其他楼层相比，大家的表情看起来更加快活且平和。

不应该来这里的，果波突然感到后悔。周围都是幸福的人，自己根本不属于这里。

泪水夺眶而出。感觉到似乎有人在看自己，果波低头隐藏好自己的狼狈，缓缓移动脚步，同时顺着视线的方向扭过头去。只见道路尽头站着一个女人，那是一位孕妇，年龄和自己不相上下，身上穿着一条孕妇裙。她正看向自己这边，不过因为泪水模糊了双眼，无法看清她的表情。果波想尽快离开卖场，但是心里实在介意，于是再次回头。

女人的背影倏地隐入成排的服装之中。

果波突然意识到似乎在哪儿见过那个女人。一想到被认识的人撞见自己在这里抽泣，果波就难免感到难为情。可比起这个，倾诉烦恼的欲望来得更加强烈。不知为何，她总觉得那个人应该愿意倾听自己的心事。

究竟是谁呢？果波沿着道路往回走，在脑海中反复回想着那副似曾相识的面孔。和自己一样白皙的皮肤，圆圆的脸蛋，坚定又不乏温柔的眼神，只有那头短发和印象中有所不同。

果波来到女人突然消失的地方，发现那里有一座楼梯。现在在第九层，整个百货大楼一共是十一层。果波猜测她应该是下楼了，于是沿着楼梯往下走，她顾虑着肚子里的宝宝，所以并没有走得太快。八楼、七楼，再到六楼，果波找遍了各个楼层，却并没有见到刚刚那个人。一个孕妇在这么短的时间能去哪儿呢？

一路找到一楼也没有再见到那个人，终于，死心的果波走进地下通道往车站走去。

就在这时，她感觉背后似乎又有人在看着自己。她回头，奈何女人淹没在来往的人潮中，没法认清她的样子。果波被流向车站的人群裹挟，只好继续向前走。

刚刚那个人好像一直跟在身后。就像是没有对焦的影片，模糊的人影总是寸步不离地跟在身后。

门铃响了。

躺在沙发上盯着天花板的修平弹坐了起来。已经很晚了，果波还没有回来，他正在担心。果波可以直接打开楼下的自动门，不必按响门铃。会是谁呢？修平拿起挂在墙上的听筒，祈祷着这位突然来访的客人不会带来什么坏消息。

"你好。"修平紧张地问候。没有任何回应。监视器上显示的公寓玄关处空无一人。

是谁弄错了吧？修平正准备回到沙发时，铃声又响了。修平盯着空无一人的监视器，气氛顿时怪异起来。他很快意识到，这个铃声应该是自家玄关处的门铃。客人就在门口。

他是怎么打开楼下的自动门的？修平疑惑地放下听筒，对着另一个对讲器说："你好。"

一个陌生女人的声音传来："这是哪儿？"

"啊？"修平不知所措地反问。

"这是谁家？"

"夏树家……"修平有一种奇怪的错觉，这个人不像是在玄关外而是处于某个遥远的地方，"请问您是哪位？"

"猜猜我是谁？"女人的声音中带着某种戏谑。

难道是恶作剧？可这也太诡异了。女人的声音虽然年轻，但是可以听出并不是个孩子，明显是个大人。

"快开门。"女人说。

"您是哪位？"

"猜猜我是谁？"女人问。

修平感到毛骨悚然。虽然太阳已经下山，但是房间里并没有开灯。他打开走廊的灯，放弃回应，蹑手蹑脚地走向玄关。

门外没有任何动静。会不会是走了？他把眼睛凑到门镜前，却看见女人的头发从眼前一闪而过。

咚咚咚，敲门声轻轻响起，女人微弱的声音再次传来："猜猜我是谁？"

修平大惊失色，下意识地后退几步。女人是直接对着门说的——她知道修平已经移动到了门后。

可能是个变态。修平慌慌张张地回到客厅，对着对讲器说："不管你是谁，请不要搞恶作剧。"

没有回音。但是透过听筒，修平能清楚地听到女人的呼吸声。

修平恼羞成怒，正准备说点什么赶跑女人时，却突然意识到果波还没有回来。要是碰巧果波回来遇到门口的变态，局面就很难控制了，看来只好直接面对了。修平做好心理准备，回到玄关。他看了一眼门镜，并没有见到女人。他紧张地把手放在门把手上，开锁后顺势迅速将门推开。

门口空无一人。修平更加疑惑了。他左顾右盼，走廊静悄悄的，空无一人。

刚刚到底是怎么回事？修平狐疑地关上门。不会是幽灵吧？

他不由得感到惊恐。可公寓是新建的，不可能是凶宅。

修平低下头正准备关门，门把手竟兀自开始转动！他急忙伸手想按住，可为时已晚。咔嚓一声，锁开了，门从外面被人拉开。

修平惊愕不已地睁大眼睛想要看清门后的女人，结果是果波。

他长长地松了一口气。

"怎么了？"果波问。

"刚才发生了一件很诡异的事。"

"什么？"

"有个女人……"话还没说完，修平立即停了下来。会不会是果波的恶作剧？他想。可是刚刚那个人，不管是声音还是语调都和果波明显不同。话说……修平突然想起。女人的声音里，语调有点奇怪，似乎带着些口音。

"女人？然后呢？"果波一边进屋一边问。

"没事，好像是我看错了。"修平含糊其词，他不想让果波感到不安。他对着两手空空的果波问："不是去买东西了吗？"

"今天点外卖可以吗？我有点累了。"

"好啊。"

果波把包放在桌上，在客厅的沙发上坐下。她一脸平静，但是似乎在思考着什么。看着果波平静的表情，修平暗自期待：是不是做好心理准备了？果波是不是已经准备好接受堕胎这个艰难的选择了？

他们点了比萨，果波几乎没有吃。难道是害喜？修平胡乱猜测。他甚至不大清楚怀孕初期是否会害喜。两人轮流泡完澡，在深夜十二点左右躺下休息。

"今天见到了一个老朋友。"进入睡眠前果波说,"我下次能带她来家里吗?"

"好啊。"修平回答,然后闭上了眼睛。入睡不久他就做了一个噩梦,他梦见玄关的门打开后,一个女人的黑影冲入了房间。

"猜猜我是谁?"黑影问。

5

户田麻衣子的状况日益恶化。不仅是症状,身边的环境也急转直下。

今天第四次诊疗的时候,矶贝花了比以往更多的时间和她交流。经过交流,他判断现在已经到了最关键的时期。

"医生说不清楚我为什么怀不上宝宝,"麻衣子声泪俱下,"所以没办法治疗。"

"不会的。"矶贝温柔地说,"妇产科的广川医生和我沟通了你的情况,户田小姐和你丈夫的身体都没有异常。也就是说,没有任何问题。"

"那究竟是为什么呢?"麻衣子有气无力地反问。

"也就是说不要着急。有的人结婚五年甚至十年才怀上。检查没有发现异常说明以后有怀孕的可能,不要太悲观。"

"但是我婆婆可等不了那么多年。"

"这样啊。"矶贝故作镇定，心里则慌乱地思索着接下来要说的话。上次诊疗结束后，矶贝获得麻衣子的知情同意给她家打过电话，为了叫她婆婆和丈夫在下次诊疗时一起来。如果不能缓解紧张的家庭环境，服用多少抗抑郁药都无济于事。可她丈夫却犹豫不决地以"工作太忙了"加以推辞，婆婆则用挑衅似的口吻说："都交给您。"显而易见，麻衣子的家庭环境已经冷至冰点。麻衣子已经陷入了一场孤立无援的战斗，矶贝不无同情地看着她，要说的话脱口而出："你的婆婆那边下次由我好好和她沟通一下，你丈夫也一定会理解的，实在不行还可以离开家过来住院。"

"住院?"麻衣子抬起头。她可能以为那是重症的宣告。

"我也知道怀不上宝宝有多痛苦。"矶贝说。他说得斩钉截铁，为了自己的谎言不被发现，"之前有一位患者说自己生不如死。"

麻衣子的双眼顿时噙满泪水："我也觉得。"

"真的吗?"矶贝平静地说，"那位患者还说她想过自杀。"

麻衣子点点头："我也是。"

矶贝继续打探她的自杀意念："你有具体想过吗?"

"前天想上吊，昨天是割腕……"

"那一定很痛苦吧。"矶贝安慰道。

麻衣子潸然泪下。尽情哭吧，矶贝期望着。哭得越厉害，想自杀的心理压力就释放得越多，那是关乎性命的眼泪。

待麻衣子一顿痛哭之后，矶贝问："上次给你的名片还有吗?"

"嗯。"

"难过的时候就随时给我打电话吧，不要有任何顾虑。我们一起商量，你什么也不用担心。"

麻衣子频频点头。

"我们再做个约定吧。下周来这里前，绝对不要自杀，好吗？"

一阵沉默……矶贝耐心地等待着。终于，麻衣子声若蚊蚋地回答："好。"

"好！那就这么定了。"矶贝再次确认并抓起麻衣子的手紧紧握住。虽然极为微小，但依然能隐约感觉到她回握的力量。矶贝现在只能寄希望于她这股微弱的意志。

果波似乎没有要主动去医院的意思。

确认怀孕后的一周时间里，修平谨慎地观察着妻子的行动。果波的生活一如既往，就像什么也没有发生过。每天照常上班，勤勤恳恳地做家务，甚至没有表现出一丝的不情愿。要说和以前有什么不一样，恐怕只有一点 —— 自那以后，果波再也没和修平亲热过。

修平在家等待杂志社派活，没事的时候就在网上搜索人工流产的相关内容。网上说，只有怀孕二十一周以内才允许人流。似乎是考虑到对母体的负担，手术越早越好。并且根据法律规定，只有因为身体或经济原因导致母体健康受损的情况，以及因犯罪等暴力行为导致女性怀孕的情况才允许人流手术。从现实情况看来，《母体保护法》[1]的相关条文应该是做了扩大解释，人流又不是

---

1 是日本于 1948 年 7 月 13 日颁布的一项法律，主要规定了通过绝育手术及堕胎的手段保护母亲健康的有关事项。——编注

什么稀奇的事，很难相信所有接受手术的女性都符合这个要求。

修平陷入一种反复无常的烦闷中。自己到底在干什么？是要借着国家宽松的政策抹杀掉自己的骨肉吗？他意识的表层，最轻最薄的部分试图否定这种想法。但是，经过一番坦诚且令人疲倦的自省后，他不得不承认自己内心隐藏着的欺瞒。完全舍弃现在的生活，实在不行就靠国家福利度日，要是自己有这样的准备，是完全可以把孩子生下来抚养长大的，只是这样一来，就无法给他提供充分的教育和快乐。但是，如果父母单方面地认为以现在的生活条件生下孩子，孩子就会变得不幸，他就不应该被生下来吗？把他们从母亲体内割舍出去，他们就会更加幸福吗？

修平有一个令自己都为之一震的假设，要是现在还没有结婚，恐怕自己不仅让果波做了手术，还和她分手了吧？甚至以后偶尔碰见还会无地自容，一定会这样。但是现实中他没办法这么做，自己和果波已经结为夫妻并生活在一个屋檐下，双方都无路可退——除非离婚。

最终，修平还是回到了最初的那个结论。自己是爱果波的，同时也不想放弃现在的生活。这样的话……只能放弃这个孩子。

月末，修平到银行支付完大大小小的账单后往家走。在回家的路上，他决意要尽快了结这一切。一拖再拖的时间里，果波肚子里的孩子正在不断长大，继续拖下去果波面临的风险只会越来越大。

晚饭过后，在宽敞的厨房里，修平和果波并排洗着碗。

"我知道会很难过，但差不多也该去医院了吧？"

"嗯。"果波点点头。语气中没有任何波澜,她似乎一直在等待丈夫前来催促的这一天。修平突然有个念头,肚子里的孩子会不会听到了他们刚才的对话?听到亲生父母残酷地合谋着……

第二天,果波向公司请了假,前往文京医科大学医院,修平也和她一起。踏入妇产科的诊室,广川医生迎了上来:"今天老公也来了啊。"她高兴地问候。

果波低着头,修平站在她身边,对医生说:"嗯……我们打算不要这个孩子。"

"怎么了?"也许是心理作用,广川的表情看起来有点严肃。

"希望能请您安排人流。"

"为什么?有什么理由吗?"

修平诚恳地回答:"我们光是还房贷就很紧张了,实在不是要孩子的时候。"

广川难以置信地看着夫妇二人。修平注意到她的视线向旁边微微移动,应该是看到了自己耳朵上的耳洞。"可不能贸然决定啊。"这位女医生说,接着她向夫妻二人介绍了自治体的生儿育儿一次性补贴政策等。可她提到的那些补贴修平早在做决定前就已经考虑过了,实在是不够。

兴许是意识到自己的劝说只是徒劳,广川轻声说:"有的人想生却总也怀不上,你们怎么……唉。"

"对不起。"修平也不清楚自己为什么要向广川道歉,"但这是我们一起做的决定。"

广川怀疑地看向一直盯着地板的果波，护士们也表情冷淡，修平开始考虑要不要换一家医院。

"那就只好这样了。"广川说，"我给你们介绍有关的医院吧，那里也有《母体保护法》的指定医生。"

"拜托您了。"修平低下头。

广川介绍的是中井妇产科医院，从文京医大走路过去五分钟。修平牵着果波的手，一路沉默不语。那是一栋三层的小楼，一楼和二楼应该是诊所。外墙干净整洁，看上去是家值得信赖的医院。

在前台办理完初诊登记后，修平陪同果波走进等候室，里面坐着一位肚子圆鼓鼓的孕妇。见两人进来，孕妇友好地微笑致意，意识到果波一直低着头后，孕妇脸上的表情瞬间变得尴尬。她似乎很快就理解了实情。

经过二十多分钟的等待后，夫妻二人走进诊室。出来迎接的院长中井是一位小个子的中年男性。后退的发际线反而让他显得富有智慧，想必是位经验丰富的医生。

"文京医大介绍过来的是吧。"中井开始确认具体事宜。听说要做人流，他面无表情地点点头。在果波接受检查的时间里，修平被安排在等候室等待。再次被通知进入诊室时，果波已经躺在了诊疗床上，肚子上的衣服被掀起，护士正在擦拭肚皮。

"刚刚用超声波检查过了，现在大概是怀孕第八周的第二天。"中井向修平说明道，"打算做人流的话，考虑到对母体的负担，建议尽早。要是超过十二周就得按死胎处理，你们要向政府提交死胎申请，胎儿也要你们带回去。"

果波的肩膀微微一震。修平急忙问："什么时候能做呢？"

"最早下周一，可以吗？夫人目前是在工作吗？"

"是的。"修平回答。

"我们医院要求患者在这里住一晚上，出院后也建议在家休养一个星期。"

修平想尽快结束这一切。"那就下周一吧？"他小声询问。果波点点头。

"下周一吧。"修平说。

"好。"之后的时间里，中井做了一番事务性的说明。他恳切且仔细地解释，由于不能用保险报销，费用大概是十五万日元。果波需要在手术前一天的傍晚来医院，接受昆布塞条置入阴道的处理。昆布塞条是一种海藻制成的条状物，在体内吸收水分后逐渐膨胀以达到扩张宫口的目的。昆布塞条在阴道留置一夜，第二天上午进行人流手术。手术借助超声波成像进行，无法保证绝对安全，可能会引发不孕不育、宫外孕等后遗症。手术结束后需要在医院观察五小时以上。

"谢谢您，我们知道了。"修平沉重地说。

"还有……"中井看向果波。他用稍显温柔的语气提醒果波当天带好生理用品、不要化妆、不要美甲等。

果波没有出声，只是一边点头一边听着。

最后，中井拿出一张纸递给修平，是《人流手术同意书》。

"请二位在这里签名盖章，手术当天带过来。"

修平看了看上面的内容：基于《母体保护法》第14条第1项第

1号，同意进行人流手术。

修平盯着同意书底部的本人与配偶的签名栏，觉得这无异于一张孩子的夺命合同。他实在不想把它带回家，于是问中井："可以在这里签吗？"

"可以，带印章了吗？"

工作时随身携带的包里放着简易印章，修平借着医生的桌子填写完相关信息后把圆珠笔递给果波。果波在"本人"一栏填上住址，签名。她的字写得比平时更小，更加滚圆，就像是小动物受到惊吓后胆怯的防御姿态。

修平掏出印章，在两人的签名旁盖下，同意书就算签好了。住院安排在三天后。

6

上次诊疗后的第二天及第三天，矶贝连续两天都接到了户田麻衣子的电话。她说她想死，矶贝立即结束门诊，通过电话进行支持治疗。所谓"支持"，是心理治疗的基础环节，需要医生温暖地倾听患者的倾诉并予以理解，以此缓解或消除患者的精神痛苦。矶贝已经准备好在情况糟糕的时候到户田麻衣子家出诊，好在每次二十分钟左右的对话过后，麻衣子的自杀意念都有所缓解。

第三天没有收到户田麻衣子的联络，矶贝在午休时间主动给她打了电话。户田麻衣子依旧是毫无起伏的平淡语气，但是她表示自己的心情越来越轻松了。放下心的矶贝让她把电话交给丈夫，并告知他希望下一次就诊时可以一起过来。丈夫依旧是犹豫不决的态度，不过最终还是接受了矶贝的要求。但是，当矶贝表示希望婆婆也一起过来时，丈夫只表示会"试试看"。

今天——

上午的门诊结束后矶贝给户田家打了电话，确认婆婆是否会陪同参与下午一点半的诊疗。电话是婆婆接的，她说麻衣子和丈夫已经出发去医院了。

"您不一起来吗？"

矶贝尽量让自己的语气听起来平和，婆婆却冷漠地说："儿媳妇的病，我去干吗？"

"家人的支持非常重要，希望您能过来了解一下。"

"您和我儿子说就行了。"

"可是……"

矶贝正准备往下说，但是婆婆很快就打断了他："医生您上次是不是建议她住院？"

"我说这也是一种选择。"

"您这么说让我们很为难，她还没到要住院的地步，我们家不可以出现住院的人。"

察觉到这句话背后的意思，矶贝突然热血上涌。这位老妇仍对精神疾病抱有落后的偏见，她对自己家有人住院感到羞耻。为什么要区别看待精神科疾病和其他疾病呢？患者的治疗正是被这些愚昧的恶意所妨碍，能治好的病也被他们搅和得治不好了。

只要和这位婆婆住一起，户田麻衣子就不会有好转，矶贝如此判断。今天看诊的时候要好好和夫妻二人商量一下住院的事情。另一方面，麻衣子说现在感觉好一点了，那她会同意住院吗？矶贝最后还是坚守着作为一名医生应有的职业道德，冷静地结束了和这位婆婆的对话。

一小时左右的午休时间里，矶贝在医院食堂草草地吃完午饭，努力调整自己的心情。心理治疗中，医生在情绪上的动摇会给患者带来负面影响。患有抑郁症和神经症的患者对主治医师的情绪变化极为敏感，若是医生的情绪给患者带来不信任或反感等负面影响，药物依从性便会被打破，甚至有患者因此拒绝治疗。

难得今天有充裕的午休时间，矶贝得以吃完午饭后在办公室的沙发上躺下好好地平复情绪。

下午的门诊开始了。进入诊室后不久，麻衣子和她那软弱的丈夫就出现了。三十多岁，料理世家的第六代继承人。

矶贝首先问候麻衣子："上次回去后感觉怎么样？"

"谢谢您，我感觉好多了。"麻衣子说。

虽然眼神看上去还是很虚弱，皮肤也依旧毫无光泽，说起话来却感觉比以前好多了。

"想自杀的念头减轻一点了吗？"

"嗯，晚上睡得也好了。"

看来是抗焦虑药物起作用了，矶贝对这个效果比较满意，同时又开始犹豫住院治疗的事情该怎么办。"她还没到要住院的地步"，或许她婆婆的话是对的？难道是当时自己因为婆婆对精神科的偏见而失去了冷静的判断？

矶贝看向她丈夫："先生，您觉得她最近怎么样？"

"嗯……"丈夫拘谨地低下头说，"这几天她会进厨房了，应该是好很多了吧。"

"这样啊，家人应该给了很大的支持吧？"矶贝试探性地问。

丈夫表情僵硬，看来和婆婆的关系还是很紧张。矶贝悄悄看了看麻衣子的反应，她的表情没有任何变化。

"那就按目前的方式继续治疗吧，不要着急。"矶贝没有提住院的事，"我再开一次上个星期的药，之后再看看情况。"

"好的。"丈夫点点头。

"户田小姐，"矶贝最后再次确认麻衣子的自杀意念，"还记得我们上周的约定吗？"

"嗯。"麻衣子说。

"以后也一样，有什么事就马上打电话给我，我们一起想办法。"

"谢谢。"

"那下周的这个时间再来吧。"

户田夫妇不约而同地点头致意，离开了诊室。

矶贝在桌前调整好坐姿，准备把病情发展记录到病历中。就在这时，诊室的门打开，刚刚出去的丈夫又回来了。

"医生？"丈夫怯懦地说。

"怎么了？"矶贝以为他忘拿了什么东西。

"可以和您商量一下吗？我妈妈她……"

看着他一筹莫展的严肃神情，矶贝有种不好的预感："怎么了？"

"她最近……对麻衣子的态度更差了……"

"怎么回事？"

"她甚至当着麻衣子的面给了我一封离婚申请书。"

比起愤怒，矶贝最先感到的是不安："可是户田小姐刚刚……"

"我觉得她是在拼命掩饰，假装自己好了……"

实习的时候前辈给的忠告突然在矶贝脑中被唤醒——做好自杀决定的患者会想方设法欺骗医生……

回想起麻衣子表现出的强烈的抑郁表征和她完全与此相反的说话方式，矶贝感到一种近乎战栗的情绪，问道："户田小姐现在在哪儿？"

"在等候室，等着拿药。"

"你跟我来。"矶贝快步走出诊室。

等候室与诊室之间只隔着一道走廊，看见矶贝进来，几名患者立马抬起头，但是等候室并没有麻衣子的身影。他回头看了一眼户田先生，他愣在那儿，一脸的不知所措。"人呢？"

矶贝折回诊室，招呼两位护士："户田小姐不见了，快去找找！"

"好！"两位护士意识到事情的严重性，立马跑着离开诊室。

"户田先生你去一楼找。"吩咐完户田，矶贝话音未落便跑出诊室。现在必须考虑最坏的情况，户田麻衣子要自杀的话会采取什么方式呢？她带了刀割腕吗？上吊的话得有绳子……矶贝意识到她可能要跳楼，于是赶紧往楼上跑。

我们无法完全防止自杀——

在通往二楼的楼梯上，矶贝再次想起前辈的话。

虽然医院会采取各种防范对策，但是一心寻死的患者一定可以找到方法——

矶贝之前听说过有患者用纸巾塞住自己的嘴巴和鼻子窒息而死。

矶贝想了想医院不惹人注目、高度又足以致死的地方，快速跑向六楼。六楼有一个连接本馆和新馆的走廊。从核磁共振检查室门口跑过时，矶贝突然听到一阵玻璃破碎的声音。

矶贝继续跑过拐角站在走廊前，麻衣子站在距离十五米外的走廊另一头。她克服惯性站稳脚跟，细弱的双手抓着一把折叠椅，无法手动开启的玻璃窗已被打碎。

"不要啊！"见玻璃已经完全破碎，矶贝急忙往前跑。

麻衣子抬头盯着矶贝，藏在刘海儿后的眼睛发出绝望的光。她的眼神中充满了无尽的悲伤和坚决的意志。麻衣子捡起一块玻璃碎片，对着左手手腕用力划下。

"不要！"区区十五米的距离，此刻却显得无比遥远。

麻衣子手拿玻璃片对着血流如注的左手手腕又划了一下，矶贝拼命抬起已经不听使唤的双腿冲向麻衣子。距离只剩下五米时，或许是眼看着来不及了，麻衣子将身子探出窗外。残留在窗户上的玻璃碎片割破了她的衣服。

麻衣子的身子已经探出窗外，双腿与地面平行，矶贝急忙扑上去抓住她。

"户田小姐！"矶贝大喊。麻衣子没有理会，一脚踢在矶贝的下巴上，力量意外强劲。矶贝抬起头，手中握住的重量已经消失不见。他伸了伸手，但是已经太迟了。他惊愕地把头探出窗外，一场噩梦出现在眼前。户田麻衣子细弱的身体从六楼缓缓坠向地面，裙摆和长发在半空中飘扬。一直愁眉不展的侧脸此刻显得越发哀切——决意赴死的女人的脸、向着绝望的深渊一跃而下的生命。

户田麻衣子掉在一辆车的车顶上，弹起，摔落在地上。

都怪我，矶贝陷入自责。是无法对麻衣子的母性产生共鸣的自己，耽误了她的治疗。

麻衣子躺在地上，鲜血逐渐在她身边晕开。

"剩下的就交给我们吧。"

一个低沉的声音让矶贝终于找回丢失的意识碎片。他抬起头，发现急救中心的医生正盯着他的眼睛。他低下头，麻衣子戴着氧气面罩躺在担架上。麻衣子犹如橡胶人般摔在车顶后高高弹起的样子仍历历在目，护士手忙脚乱地准备着除颤器。见此情景，矶贝茫然地猜测麻衣子的心脏正逐渐停止跳动。

"我们会尽力，但是……"负责急救的医生说。后面的话他没有继续说下去，只是沉默地拿起两个电极，贴在麻衣子的胸前。

7

妇产科医院的病房里散发着一股独特的味道。刚和果波踏入病房，修平就闻出来了，这是女人的味道。不是普通的淡淡香味，是一股让周围的雄性闻到后会忍不住聚拢过来的动物性的、野性的芳香。

这一天终于来了。果波的血压和体重已经测量过了，接下来将扩充宫口，明天一早正式手术。

望着窗外日暮时分的景色，修平完全放弃了内心的挣扎：这是无法逃避的命运。签完同意书的那个周末，修平大多数时间都抱着果波。自己能做的仅此而已，他知道，强行安慰只会让果波更加受伤。夫妻二人最终只是沉默地依偎着，静静打发走两天难熬的时光。

病房外有人在敲门。修平打开门，是护士。她递过来一套薄薄的蓝色手术衣："麻烦换上这个。"

年轻护士没有表现出任何责备，修平多少安心了些。他在床沿坐下：等待接受术前处理的果波应该也是一样的感受吧。

果波接过手术衣，一言不发地开始脱衣服。时隔多日再次见到妻子的裸体，修平被果波身上的变化吓了一跳。果波的胸脯变大了，原本好看的粉色乳晕现在已经成了黄褐色。是为了让宝宝更容易辨认吗？修平猜测。为了方便视线模糊的宝宝进食，母亲甚至不惜改变自己的身体。

果波换上手术衣后，刚才那位护士又进来了："您换好了是吗？请跟我来。"

果波紧张地看着修平。

"我也一起吗？"

"请您在这里耐心等候。"

修平点点头，站在病房门口关切地目送妻子离开。果波跟着护士步入走廊，走了一会儿，她突然回头望着修平，一副要哭的样子。修平坚定眼神，想要以此鼓励她，但他很快就意识到，自己的表情看起来也一定很难过。

果波转过头去。也许因为穿着手术衣，她的肩膀看起来更小了。就这样，修平二十五岁的妻子走进了分娩室。

关上门后，修平顿时觉得，此刻独自留在妇产科医院的自己显得极为讽刺。他感到一阵精神上的疲惫，不由自主地在访客椅上坐下，露出充满自嘲意味的笑容。他希望通过这种轻率的态度让自己感到更加彻底的自责。

过于得意忘形了，修平反思。不过是歪打正着出了一本畅销书，看到只够公寓首付的八位数金额就觉得自己无所不能，结果忘记戴避孕套导致妻子怀孕。这不是讽刺是什么？之所以没人谈论人流问题就是因为它的原因过于愚蠢。一声尖叫传来。大家都这样，只为了几秒钟的快感便将其他一切都抛诸脑后——耳边传来惨叫声。是果波的声音！果波在尖叫！

修平抬起头。走廊那头的尖叫声极为骇人，简直像是在没有麻醉的情况下接受了开腹手术。修平带着一种猎奇的恐惧冲到分娩室门口，分娩室大门紧闭，爱人的哀号却响彻整条走廊，一声声嘶吼犹如一把把刀子割在修平心上。他们在对果波做什么？怎么会这么痛苦？麻药……修平正想着，分娩室的门开了，果波的声音更响了。护士跑了出来，见到修平后她瞪大眼睛匆匆跑开。

果波的尖叫声在耳中回响……终于停下来时，刚才出去的那位护士领着另一位护士回来了。

"发生什么事了？"修平问。"请您在病房等候。"护士并没有透露太多。两位护士匆匆进入分娩室。

修平束手无策地站在原地。终于，门开了，中井医生穿着手术衣走了出来。

"医生，我妻子她怎么了？"修平问。他试图看清里面的情况，可分娩室的门很快就关上了。

中井的脸上并没有失去作为一名经验丰富的医生该有的沉稳，语气中却透露出些许紧张："孩子的事情可能先放一放比较好。"

"怎么了？"

"我们请夏树小姐躺在分娩台上准备术前处理，没想到她刚躺上去就浑身痉挛失去了意识。"

修平拼命压住内心的震惊："为什么？精神刺激太大了吗？"

"要是这样就好了。"中井说。

修平皱起眉头盯着医生的脸："比这还糟糕吗？"

"最近夏树小姐的头部有没有受过重击？"

"没有。"

"以前发生过类似的情况吗？"中井以鼓起肱二头肌的姿势弯起手臂，手腕朝向胸口一侧，"有没有以这样的姿势昏迷过？"

"据我所知应该没有。"修平认真回想之后说，"如果有的话说明什么？"

"最终结果需要专科医生诊断后才知道，可能是强直阵挛发作。这个病发作时患者全身痉挛，没有意识，但是不能通过这些症状就简单下判断，尿毒症和身体感染等都可能出现类似症状。而且说实话，这个不是我们的专业领域，可能出现判断错误。最好先做一下全身检查，尤其是脑部。"

"脑部？"修平诧异地问。

"主要是以防万一，而且检查不会有任何痛苦。"中井终于露出了安抚性的微笑，"可能是您刚刚提到的精神问题，也可能不是，总之，当务之急是查明病因。"

修平点点头。

"文京医大那边大概明天就可以就诊，需要我们帮忙联系吗？"

"拜托您了。"

这时，分娩室的门开了。果波躺在担架床上被推了出来，修平急忙靠上前。也许是仍旧没有恢复意识，果波看上去神情飘忽。她脸色苍白，一眨一眨的眼睑下，眼球异样地转动着。见此情景，修平再次震惊不已，下意识地抬头看了看中井医生。

"接下来可能会进入短暂的睡眠。"中井说，"今天晚上怎么办？要住在这里吗？"

比起家里，住在医院更加放心，修平心想。"是的，请允许我们住在这里。"

"好，因为出现了这样的情况，我们没有进行任何术前处理，请您知悉。"

"好的。"

果波被送回原来的那间病房，修平协助护士把妻子抬到床上。护士脱去果波的手术衣，用纱布擦拭她的下体，果波似乎在失去意识的时候失禁了。擦拭干净后，修平和护士一起给妻子换上内衣和睡衣。果波似乎已经进入了睡眠。

　　"有任何情况请随时呼叫我，我一会儿再来。"护士交代清楚后便离开了病房。

　　在寂静无声的病房里，修平再次回忆起果波的惨叫。那叫声过于不真实，完全不像是这个世界的声音。非得说的话，简直像是被变态杀人魔折磨致死的受害者的声音。果波到底经历了怎样的痛苦？会不会不是精神上的问题，而是身体发生了异变？

　　就在这时，果波睁开了眼睛。修平急忙上前问道："果波？"

　　"我这是怎么了？"果波小声地问。她继续背对着修平，并没有转过身来。

　　"医生说你……"

　　"你是谁？"修平还没来得及解释就被果波打断。

　　"果波？"

　　"你刚刚也在那个房间对吧？之前好像也见过，但我完全想不起来了。"

　　"果波！"修平抓住妻子的肩膀让她面对着自己。

　　果波惊讶地睁开眼睛："修平。"

　　"你没事吧？你怎么了？"

　　"头好痛啊。"果波说完再次转过身去背对着修平，然后一脸震惊地问，"刚刚在这里的人呢？"

"咦？"修平不明所以。

"刚才不是有个孕妇在这里吗？"

"没有啊。"修平怀疑妻子出现了幻觉。

"怎么会？她刚才一直在这里呀！刚刚在分娩室里也是，她一直盯着我……"说到这儿，果波突然沉默，她低头望着自己的身体，"做完了吗？"

"你不记得了吗？"

果波摇摇头。她抬头看着修平，眼神中充满恐惧与依恋。

"手术推迟了，有些检查要做。"修平把果波抱进怀里。他紧紧地抱着果波，为了她，也为了自己。不安迅速膨胀，即将把他压垮，此刻的修平急切地需要感受到果波的温暖，"今晚先好好休息，明天再商量，好吗？"

怀中的果波轻轻点着头。

第二天开始，果波开始每天去文京医科大学医院。修平也每天陪同，每一项检查结果出来都陪果波一起听取医生的说明。检查脑部是否有器质性问题的核磁共振检查、简称为EEG的脑电图检查、查看肌肉反射运动的检查等都做过了，没有发现任何异常表征。

果波从神经内科转到第一内科，接受了包括妊娠症状在内的详细问诊和血液检查等各项检查。

一周后，修平被带到一间安装着导光板的会议室，接受内科医生的说明。

"我们从各个角度检查了夏树小姐的身体，除了怀孕之外，没有发现任何异常。"

修平总算松了一口气，但是排除身体原因之后得出的结论又让他产生了新的担忧："这样的话，是不是说明果波的症状是由精神问题引起的？"

内科医生没有回答，他的视线投向病历。

"上次夏树小姐在妇产科医院发作后，你是不是和她在病房有过交流？"

"是的。"

"你说她当时对着一个看不见的人说话？"

"嗯。"修平不安地说。

"最后给您介绍一位我们医院的医生吧，您找他诊断一下。"

"那位医生是？"

"矶贝，矶贝裕次，但是他现在被停职了，需要您打电话到他家里。"

修平对这奇怪的做法感到困惑："没有在职的医生吗？"

"我觉得矶贝更合适。他原来是妇产科医生，后来专门研究与其他科室合作的会诊联络精神医学。"

修平忐忑地问："精神医学？"

"夏树小姐的身体没有任何问题。"医生说，"检查的重点应该由身体医学领域转移到精神医学。"

回到家时已经傍晚了。

打开门走进玄关，也许是紧绷的神经终于断裂，果波突然潸然泪下。修平将妻子抱入怀中，一步步挪过走廊，把妻子安顿在客厅的沙发上。

"我们是不是要抓紧时间了？"果波像孩子般咧着嘴哭泣，边哭边说，"再不抓紧宝宝就长大了。"

"果波！"修平狠下心轻声责备妻子，"现在要以你的治疗为重，孩子的事就先放一放吧，好吗？"

"嗯。"果波擦着眼泪说。

修平穿过走廊走进工作间。打开未接听来电，显示编辑桥本来过电话。是上次提过的邀请自己成为 Book Craft 合约记者的事情，他说马上到截止日期了，希望可以尽快得到回复。桥本最后问："好像果波最近请假有点多，没事吧？"

修平坐在桌前，努力驱动已经无法思考的大脑。果波会面临什么呢？她只是个合同工，继续这样每天请假，对方很可能会终止合同。如此一来，一家就全靠修平干自由职业的那几个钱过活了。修平对自己的没用感到痛心疾首。那个依赖妻子的收入、让妻子不得不出去工作的人正是自己。

眼下生计困难，是时候放弃那些遥远的梦想了。放弃成为优秀记者的目标，回归时尚和室内装饰领域，只能这样了。

修平伸手准备给桥本回电话，手伸到一半，突然想起还有件更要紧的事没做。

他把手伸入口袋，掏出医生给的纸条，"矶贝裕次"——名字下面是电话号码和住址，这位精神科医生住在目白的一栋公寓。

修平始终提不起劲去联系这位医生。自从上次果波在妇产科医院发作后，她只是没有精神而已，并没有表现出任何异常，检查结果也没有发现任何问题。难道内科的医生有什么医学层面上的担忧？放任不管的话会出什么大问题吗？还是说仅仅是出于一名医生的谨慎？

　　突然，房间里的灯全都熄灭了。修平诧异地抬头看向天花板，他很快便意识到是断路器跳闸了。不能让果波受到惊吓！他迅速冲出房间。

　　"修平？"落地窗外昏黄的暮色勾勒出果波清瘦的剪影，"好奇怪啊。"

　　"跳闸了。"

　　"不是，房里有人。"

　　修平停下脚步，扫视了一遍十五叠大的客厅。幽暗的房间里并没有其他人的影子。幻觉又出现了吗？修平看向果波，他的背后顿时窜过一股凉意，只能愣愣地站在原地。果波身体僵直，扬起下巴，面朝天花板痛苦地喘息着。

　　"果波！"修平急忙上前，刚赶到果波身边她就一头栽倒在修平的怀中。修平抱着果波跪在沙发上，看到妻子眼睛的那一刻，他不禁寒毛直竖。果波翻着白眼，整个瞳孔里见不到一点黑色，仿佛是眼球里外翻了个面。

　　"不要啊。"一个微弱的声音从妻子口中冒出。修平并不知道她在对谁说话。"拜托了，不要啊！"果波再次重复这句话时，原本垂向地面的长发竟开始向上提，而且不是从发根立起，倒像是发梢被一只看不见的手抓起，十分诡异。

到底发生什么了?！距离恐慌只有一步之遥时，修平极力让自己镇静下来："果波！振作点！"

果波没有回答，只是发出低沉的笑，像是沉重的叹息。笑声逐渐尖锐、刺耳，最后演变成切割金属般的声音，身体也跟着颤抖。颤抖很快就发展成粗暴凶猛的痉挛，果波的身体完全落在了地板上。喉咙深处挤压出的声音此刻已经演变为断断续续的尖叫。修平眼前顿时浮现出那天晚上的情景，果波此刻在忘我状态下发出的声音和那天几近疯狂的尖叫声如出一辙。

修平压在妻子身上，努力控制挺起腹部、身体绷成弓形的妻子。他试图压上自己的全部体重来控制果波的痉挛，任凭果波沉重的喘息喷到他的眼睛里。这样会不会伤到肚子里的孩子？他突然意识到这一点，顷刻间放松了力气。就在这时，一股猛烈的力量将他弹开，修平四脚朝天地躺在地板上。

在修平模糊的视线中，果波化作一个黑色的人影，幽灵般地缓缓坐起。

修平呼喊着妻子的名字："果波？"

没有回音。

房间里一片寂静。修平站起身来，窥视妻子的眼睛。那不是果波！她完全变换了一副面孔，眼睛里的沉稳消失得无影无踪，她的目光异样冷峻，静静地注视着修平。原本小巧的嘴此刻微微上提，浑身散发出一种异样的冷酷。

修平再次呼喊妻子的名字："果波？"

女人脸上露出一丝微笑："我可不是果波。"

她声音低沉，明显不是妻子的声音，但是好像在哪儿听过。修平的双腿开始颤抖。

看见他这样，女人戏弄般地说："猜猜我是谁？"

修平全身窜过一股凉意。

女人冷笑着张开双臂，跪立在地上，朝修平靠近。

修平终于忍受不了这种恐惧，迅速跑过走廊，躲进工作间把门关上，拿起电话呼叫了救护车。

第二章

附 体

1

清脆的击球声在耳边回响。眼前的这栋楼同时容纳了游戏厅和KTV。修平沿着外墙上的金属楼梯一步步向上爬。明明在下雨，上午的天空却显得格外刺眼——大概是自己昨晚一夜没睡的缘故吧。

昨天救护车刚到，果波就恢复了原来的样子，并且完全不记得发作期间发生的事情。由于果波始终拒绝上救护车，修平只好依从她，放弃了去医院的打算。他马上给那位名叫矶贝的精神科医生打了电话，但是对方拒绝了他的请求，理由是目前正处于停职期。

爬上楼梯后，修平扫视一眼屋顶，上面是一排排棒球的击球练习场。这个时间店铺刚开始营业，整个场馆里只有一个人。绿网围起的击球区最里面那个位置，一个人正在挥汗如雨，将机器弹射出来的球一个个打回去。

修平走到击球区后侧，问："请问您是矶贝医生吗？"

那人放下球棒回过头来。精神科医生的样子和想象中的完全不同，他和修平刚好完全相反，是运动型的体格。肌肉健硕的肩膀上长着一张凶狠的脸，像是以前无主可依的民间武士。对面飞来的球从本垒一掠而过，直接撞到绿网上。

"我是昨晚给您打电话的夏树，刚刚去了您家里，家人说您在这儿。"

"我应该说过我正在停职。"矶贝说着便转身回到击球席。球打偏了,打在地上成了地滚球。

"我知道您很为难,但我真的没有办法了,只能拜托您了。"

矶贝一把挥空:"除了我,不是还有很多其他医生吗?"

修平不明白对方的话里为什么始终带着一股怒气。那位内科医生断言只有矶贝最合适,修平不想再让果波像皮球一样被踢来踢去了。

矶贝做好击球姿势,球却没有出来。应该是准备再来一局,矶贝来到修平面前,像是要往机器里继续投币。

"您喜欢打棒球吗?"修平隔着绿网问。

"打一场球心情就好多了,其实就是为了消愁。"矶贝露出自嘲般的笑容,"是不是很可笑?精神科的医生竟然要靠这个消愁。"

修平终于注意到矶贝的脸上毫无生气:"您遇到什么烦心事了吗?"

矶贝大笑:"你那是精神科医生说的话。"

"不是,可是……"修平吞吞吐吐地说,"对朋友也会这么问啊,不然总觉得放心不下。"

即将回到击球席的矶贝突然停下脚步,回过头来:"放心不下?"

见对方一脸严肃,修平赶紧解释:"对不起!我是不是不该说什么朋友之类的话,但我没有要和您套近乎的意思……"

"不,没关系。"矶贝生硬地说。他随手将球棒放回收纳箱,完全不管身后飞来的球,再次来到修平面前。看着对方上下打量的眼神，修平不禁有点畏惧。

过了一会儿，矶贝发出一声无奈的叹息："夏树先生，你这几天是不是没怎么睡觉？"

"是的。"

"还没有食欲，没办法好好工作。"

"是的。"矶贝看起来也是这样，修平觉得，"我放心不下妻子。"

"你妻子的情况有人已经给我简单介绍过了，强直阵挛发作伴有类似幻觉的症状对吧？"

"是的。"修平看到了希望，"昨天晚上还出现了一个非常糟糕的情况。"

矶贝抬起头："什么情况？"

"她尖叫着倒在地板上，然后……就像变了一个人。"

"变了一个人？"矶贝重复一遍，低下头若有所思。

希望越来越大了，矶贝却又叹了一口气，问：

"你有时间吗？"

"有。"

"跟我走吧。"

矶贝穿过绿网，头也不回地向出口走去。修平什么也没问，赶紧跟在后面，现在的气氛好像不适合多说什么。二人沿着楼梯回到地面，矶贝拦下一辆出租车。这是要去哪儿？修平担心自己付不起车费。

"上车。"矶贝说。修平别无选择，只好上车，他刚在靠里侧的座位上坐下就听见矶贝说："去文京医科大学医院。"

是要结束停职给果波看病吗？修平揣测。让他更不解的是，为什么不是去果波那儿，而是去医院？是去拿病历吗？

十多分钟后就到了医院。矶贝拦住掏出钱包的修平，自己付了车费。

"这边。"

进入医院大门后，矶贝并没有去正面的玄关，而是绕着大楼走。修平更加疑惑了，他跟着这位精神科医生来到大楼后侧。两栋大楼间有一片停车场，标记着"通用口"的门前停着医疗器械厂家的小汽车。

"左边是本馆，右边是新馆。"矶贝停下来说，"您看看脚下。"

修平低头看向自己的脚尖，白色混凝土上染有一块黑色印迹。

"我的患者从六楼跳了下来。"

修平惊愕地抬头望着头顶，六层有一条连接本馆和新馆的走廊。从那个高度跳下来，几乎没有活下来的可能。

"因为我没有治好，导致患者自杀未遂。"

"未遂？"修平惊讶地反问。

"因为车顶的缓冲，勉强捡回了一条命，但是现在人还没醒，是个植物人，随时可能死掉。"矶贝俯视着地面继续沉重地说，"我不确定自己有没有资格给你妻子看病。夏树先生你自己决定吧。"

修平一时语塞。因为内科医生说矶贝是唯一合适的人，所以他才像抓住救命稻草般抓着矶贝不放，没想到他本人却对自己的能力产生了怀疑。他不禁犹豫，这个人外表看似强大，内心却非常脆弱，真的可以把果波交给他吗？

"怎么样？"矶贝轻描淡写地追问。

"拜托您了。"修平脱口而出。矶贝至少是一个责任感很强的医生，修平第一次见到被患者的不幸击垮的医生，但眼下也只有这一个选择，其他路几乎都被堵死了，"请您救救我的妻子吧。"

矶贝抱着胳膊陷入沉默，也许是没想到修平会这么说。过了一会儿，"好。"他低着头说，"我去内科拿夏树小姐的病历，请你到本馆的一楼大厅等我。"

和夏树修平分开后，矶贝感到非常不可思议，自己怎么就答应了他的请求呢？是有什么在暗中驱使自己投入孕妇的治疗当中吗？

进入新馆，矶贝率先去了七楼的特护治疗室（HCU）。停职后他再也没有来过这里。矶贝完全无视护士们惊讶的目光，径直路过护士站。

来到走廊后，透过玻璃墙，HCU里的情况一览无余。里面放置着十六张病床，矶贝逐一扫过，在最里面的病床上找到麻衣子。她头上缠着绷带，双眼紧闭，一动不动。从表面来看，除了有自主呼吸以外，其他与尸体无异。

矶贝心中瞬间涌上剧烈的自责和无力感。为了惩罚自己，他一动不动地站在窗边，紧紧地盯着户田麻衣子。过了好一会儿，他终于挪动脚步，回到电梯前往内科门诊。负责给果波做检查的内科同事是他以前的大学同学，就是他把自己介绍给夏树果波老公的，意在促使自己尽快回归医院。

矶贝在诊疗间隙走进诊室："把夏树小姐的病历给我。"同事的脸上绽放出笑容："准备回来了？"

"只是私下看看，停职还是继续。"

手拿病历前往大厅的路上，矶贝考虑要不要去精神科教授那里问候一声。户田麻衣子自杀未遂后，医院为了防止自杀的连锁反应带来的连环自杀，对住院患者采取了极高的防范措施。毫无疑问，自己的问题给整个医院带来了很大的麻烦。不过矶贝还是决定直接离开医院，而且就算教授好心为自己考虑，要求尽快结束停职，矶贝也不准备答应。他还需要一些时间去休养。

"久等了。"矶贝对坐在长椅上的修平招呼道。修平立马起身。看着眼前大概比自己年轻十岁的青年，矶贝终于问出了一开始就想问的问题："我是不是在哪里见过您？"

"也许是的。"修平略显为难地说，"我去年出了一本书，卖得还可以。"

矶贝想起来了。在电视采访还是什么节目上看到过一位名叫夏树修平的作者。《舒适生活学》的书名浮现在脑海里，修平细瘦的身材和干净利落的穿着与书名极为相称。

"您住在哪里？"

"驹込。"

"我先看一下病历，我们坐车去吧。"

去修平家的路上，矶贝从头到尾翻看了一遍夏树果波的诊疗记录。记录者换了一个又一个，令人眼花缭乱。文京医大的广川晶子检查出怀孕，中井妇产科医院院长准备做人流手术，手术准备过程中发病后又转回文京医大，在文京医大接受了神经内科和第一内科的检查，但是所有检查都未发现夏树果波有器质性异常。

矶贝的目光回到中井医生的报告上，他感到一种奇妙的缘分。自己曾经是一名妇产科医生，要不是在中井妇产科医院做了那次人流手术，应该也不会转行到精神科。

果波的第一次发作发生在人流手术的术前处理阶段，这是一个重要的线索。中井院长工整的笔记详细记录了果波发作时的样子。发出尖叫，随后失去意识。中井医生配上简笔画清晰描述了果波痉挛时的情况，整体和强直阵挛发作时的症状极为相似，但是病历上并没有直接断定是"强直阵挛发作"。矶贝想知道中井医生为什么没有下这个诊断。突然，他注意到果波发作时出现了一个奇妙的症状。

矶贝询问坐在旁边的修平："夏树小姐在妇产科医院发作时你在场吗？"

"不在，当时果波在分娩室，我在病房等候。"

"你听见她的尖叫了吗？"

"嗯。"修平皱起眉头，"声音非常刺耳。"

"什么样的声音？是受到惊吓的感觉吗？"

"不是，不是一般的声音，像是身体被撕裂的感觉……"

"持续了多久？"

修平想了想："一分钟左右吧。当时我也很慌张，实际上可能更短。"

"会不会只有一两秒？"

"不会，至少持续了十秒。"

中井院长没有下定论应该就是因为这个吧。器质性精神障碍引起的强直阵挛发作尖叫声最多持续几秒钟，不可能像修平说的那样持续十秒以上。难道是神经症中的分离性痉挛？

矶贝再次看向修平："能说一下昨晚发作的情况吗？"

"当时……"修平欲言又止，过了一会儿他继续说，"房间的灯突然灭了。"

修平的话让人觉得离奇，矶贝不解地问："然后呢？"

"我意识到应该是跳闸了，为了不让果波惊慌我马上赶到客厅，但是她很快就发作了，只说了一句'房里有人'后就倒了下来，头发也开始向上翘。"

"头发？"

"嗯，头发像是被什么人抓住了一样，从下往上倒着立起来。"

矶贝目不转睛地盯着修平，修平的脸上充满了恐惧，不像是在撒谎，但是头发倒立的现象已经超出了医学的范畴，属于超自然现象了。会不会是修平看错了？其实是风吹起来的，或者是静电之类的作用。

"然后呢？"矶贝催促道。他认真听着之后发生的事情，终于在修平后续的叙述中发现了一个重要线索。果波倒在地上，喘息着弓起肚子，身体呈弓形。角弓反张——分离性痉挛的典型症状。

接下来的时间里，修平描述了果波人格骤变、行为举止宛若他人、救护车刚到就恢复了原样的经过，最后修平还提到了三周前那位在门外按响门铃的神秘女人。

"那天晚上我梦见一个女人的黑影进了房间，昨天的果波和那个黑影一模一样。"

矶贝注意到这位年轻的丈夫甚至考虑起超自然的原因了。这也难怪，在精神病理学发展起来之前，大多数精神病都被认为是死者的人格附体之类的，因而成为加持祈祷的对象。"三周前是不是对讲器里先传来奇怪的声音，然后夏树小姐马上就回来了？"

"是的。"

看来在那个时候就已经出现了症状。"当天，或者之前的几天里有没有发生什么给夏树小姐带来痛苦的事情？"

修平的脸色唰地暗了下来："有，我们决定把孩子打掉。"

决定性的证据。果波的病矶贝已经心里有数了，接下来只需要与患者本人当面交流。

那是一座外墙崭新的高层公寓，《舒适生活学》作者的住所看上去的确极为舒适。乘电梯上到十六楼，在修平的带领下进入玄关，家装木材的香味隐隐飘来。

里面大概是三居室的布局，房屋面积和矶贝现在的住处相差无几。

"我回来啦。"修平招呼道，随即走向客厅。

跟在修平身后的矶贝终于见到了患者本人。果波长发披肩，皮肤细腻白皙，完全算得上是个美女。见她站在厨房的洗手台前勤恳地洗刷着餐具，矶贝多少有些惊讶。她脸上倔强的表情简直就是健康的代名词，完全看不出有任何病态。

"果波……"修平准备向妻子介绍矶贝，见到妻子犀利的眼神后又硬生生地把话塞回了喉咙里。

"他是谁？"果波看着矶贝问。

"我是……"

果波立即打断矶贝，说："文京医科大的医生吧？精神科的。"

修平满脸惊愕地看向矶贝。矶贝也很惊讶，愣愣地看着夫妻二人。

"我去买点东西。"果波说，"刚刚在附近走了走，熟悉了一下店铺的位置。"

果波解下围裙走向位于走廊一侧的房间，应该是去换衣服。该把她拦下来吗？矶贝正感到为难，修平小声对他说："那不是我妻子。"

矶贝讶异地回头看着修平。这位年轻的丈夫也紧绷着脸，也许是出于恐惧。

"人格变了，而且果波应该对您一无所知才是。"

"包括我是个医生？"

"嗯，我还什么都没有告诉她。"修平无助地看着矶贝，"这到底是怎么回事？"

就在这时，已经半只脚踏进房间的果波突然从房门口折了回来，她的视线掠过修平直直地盯着矶贝，问："那个女人治好了吗？"

矶贝微笑着反问："您是指哪位？"

"把她名字说出来不要紧吗？"果波以洞悉一切的眼神看着矶贝，"就是那个总是哭哭啼啼的瘦瘦的女人啊，头发乱蓬蓬的，老是穿着一身土气的裙子的那个。"

户田麻衣子的身影顿时浮现在矶贝眼前，矶贝感到自己的脸逐渐僵硬。第一次见面的夏树果波怎么会知道这些事情？她嘲弄般的笑容仿佛是在给矶贝心里的伤口上撒盐。矶贝提醒自己，果波是患者，绝不能对她产生憎恶的负面情绪。

"真是不好意思啊。"果波没有表现出丝毫歉意，"你看起来很介意呢。"

"果波小姐。"矶贝打算阻止她继续说下去，没想到对方却说："我可不是果波。"随后便离开了客厅。

"这可怎么办？"修平问。他看着矶贝，眼中充满无助。

像是先吃了一记闷棍。矶贝强迫自己忘掉刚刚的对话，专注在果波的多重人格上。他很快想起以前在精神病理学学会中看到的一份关于多重人格症状的影像记录。影像中的年轻女性同时具有八重人格，不同人格交替出现，但是其发病时的表现明显具有演绎性，在场的其他医生似乎也有相同的感受。事实上，就算是现在，仍有不少精神科医生质疑"分离性身份识别障碍"[1]到底是否属于一种疾病。不管患者受过什么样的精神创伤，在症状表现上

1　旧称多重人格障碍，指同一个人被两种或多种身份和人格交替控制。——编注

仍然存在装病的可能。

但是果波刚才却没有表现出任何刻意的举动，她在厨房的行为完全融进了日常生活的一环。纵观矶贝自己的临床经验，如此完全没有病状的患者还是第一个。

"能让夏树小姐过来一下吗？"矶贝说。

修平点点头，走进房间，看样子应该是卧室。

过了一会儿，修平牵着果波的手出来了。果波埋着头，抬起柔弱的手臂擦拭泪水。眼前的果波和刚才的女人完全判若两人，矶贝再次惊愕不已。她的脸上锐气全无，整个人看上去稚嫩了不少。作为精神科医生，没能观察到人格变换的过程实在是可惜。

"这是我的妻子果波。"修平的语气有些犹豫。他接着问身边的妻子："果波，你知道这位是谁吗？"

果波抬头看了一眼，摇摇头。她的眼中噙满泪水。

"这位是文京医科大学的矶贝医生，专门负责精神科。"

"您好，我是矶贝，是夏树先生的朋友。"矶贝自我介绍道。和在医院诊察时一样，他尽量表现出温和的一面："主要是过来看看有没有什么需要我帮忙的。"

果波显得有些局促，好像不知道要说些什么。修平让妻子在餐桌前坐下，温柔地对她说："给矶贝医生阐述一下昨天的情况，好吗？"

果波用细小的声音说："我的身体里……有人。"

"'有人'是指您肚子里的宝宝吗？"

果波摇摇头："不是……是心里有另外一个人。"

"那是什么样的人呢？"

"是一位孕妇。"

修平似乎也是第一次听到这一点，他睁大眼睛一动不动地看着妻子的侧脸。

"是您认识的人吗？"

"我也不知道，感觉在哪里见过。"

"您实际上见过那个人？"

"嗯，好像遇到过。她一直跟在我后面。"

"是什么时候呢？"

果波试图搜寻记忆，不知为何却再次潸然泪下："我也想不起来，应该是最近的事情，大概两三周前。"

应该就是修平提到的门口那个诡异的女人出现的时候，矶贝想。"最近感觉怎么样呢？一般情况下，孕期三个月是精神波动较大的时期。"

"嗯。"果波微微点头，"有点焦虑，总是想哭。"

"孕吐呢？"

"孕吐有点严重。"

"刚刚提到的那位孕妇，和这些症状有关系吗？"

"没有。"果波稍显坚定地说，"完全是另外一回事。"

"那个人不知不觉就进到了您的心里是吗？"

"是的。"

"现在还在吗？"

"还在。"

情况终于弄清楚了，矶贝恢复了以往的沉着："可以让我和那位孕妇说说话吗？"

修平畏怯地转过头看向矶贝，似乎在确认是不是真的要这么做。

果波摇摇头，稍显坚决地说："不要。"

"为什么不要呢？"

"那个人出来后，我就什么也不知道了。"

"具体是什么感觉呢？"

"意识到的时候，就只有时间过去了，那段时间在我身上发生的事情我完全想不起来。"

"如果是这样的话，就算了吧。"总之先让对方放下心来，矶贝想。随后矶贝请修平拿来纸和圆珠笔，患者的主诉已经最低限度地把握清楚了，接下来的一个多小时里，矶贝主要了解了患者现在的病情以及家族病史、生活史等情况。

夏树果波旧姓白石，1977年生于宫城县仙台市，父亲是公司职员，母亲是家庭主妇，果波是二人年近四十时生下的独生女。据说母亲当时为了避免流产，接受了很多注射治疗。家里的经济情况属于中等偏上，不愁生计。

果波的生活环境总共发生过三次大变化。首先是果波小学毕业时，因为父亲工作的关系一家人搬到了山形县的山形市。那里是父亲的故乡，一家人和祖父母生活在一起。

在当地上完中学和高中后，果波选择到东京上短期大学。一开始父亲并不同意，他不愿女儿走得太远，为此父女之间还发生过一些争执，最后在母亲的调和下得以解决。父亲允许果波去东京上学，条件是必须住在学校的女子宿舍。

在短大上学期间，果波的成绩属于中上游，但是因为当时经济不景气，找工作并不容易。经过一番努力，她最后成了编辑工作室 Book Craft 的合同员工。

在 Book Craft 工作三年后，由于工作关系认识了夏树修平，两人交往半年后就结婚了。当时果波还因为结婚和家里产生过摩擦，父母担心修平的工作不稳定，反对二人的婚事。果波对此表现出了自出生以来最强烈的反抗情绪。为了表示"我们能自力更生"，她拒绝了父母提供的包括婚礼费用在内的经济支持。最后二人仅进行了结婚登记，没有举办婚礼等仪式，好在由于婚后生活美满，修平的作品也成了畅销书，二人和父母的关系才得以在今年急速升温。

果波本人没有到精神科就诊的经历，家中也没有精神病患者，而且包括祖父母在内的家人都健在，所以果波没有体会过亲人离世的丧失感。

了解完这部分内容后，矶贝还询问了果波童年时期的家庭环境以及青春期开始后的性发育情况。这两个时期最容易产生心理问题，从而引发分离性障碍。由于果波本人希望丈夫能够在场，所以这个部分的问询是在修平的陪同下进行的。

果波本人表示童年时期的家庭环境没有任何问题。虽然性格比较内敛，但在学校没有受过校园暴力，每次升级或者升学都能交到几个关系很好的朋友，自然也没有受到虐待和性侵。除此之外，矶贝还了解了白石家的宗教背景，一家人似乎没有什么特别的信仰，矶贝猜测她的家庭环境应该也很难和神秘主义思想扯上关系。

当被问到初潮的年龄时，果波歪着头思考了一会儿，说："十二岁。"但是她表示当时并没有一般少女容易感受到的屈辱感和紧张感。后来的几年虽然有过月经不调的问题，但这在矶贝看来算不上什么问题，不过是在青春期少女身上常见的现象罢了。月经前情绪和身体的变化也不算大，还没到需要接受经前紧张综合征治疗的程度。

异性关系方面，在当地上高中时有过几次两男两女的约会，但是后来并没有和男生发展成男女朋友的关系。来东京后，参加过几次短大同学举办的联谊，后来也和联谊上认识的男生聚过餐，但是都没有进一步发展，原因是她觉得"他们过于积极主动，反而看起来很不靠谱"。所以，算得上恋爱关系的，修平是第一个，性经验也是。当时果波二十三岁，虽然比平均的初夜年龄稍微高一些，但是并不算晚，不构成问题。不过矶贝从中发现果波的内心潜藏着非常强烈的保守性。

婚后夫妻关系极为和谐，据果波所说甚至没有吵过嘴，修平也对此点头表示同意。就夫妻关系展开询问后，矶贝注意到果波内心对丈夫有着强烈的依赖。他就这一点继续深挖，最后发现从果波出生到现在，她的母亲、朋友以及丈夫等亲近的人相继扮演了她和外部环境之间的防波堤的角色。

矶贝回到性问题上，继续询问。果波的性意识健全，似乎没有过度不快，也没有异常排斥。

最后，矶贝问道："最近有什么担心的事情吗？或者是心里过意不去的事情？"

"有。"果波低着头说，"但是那件事和修平商量后已经解决了。"

"请问是什么呢？"

"是关于宝宝的事情。不做人流的话，就必须从这间公寓搬出去。"

一旁的修平苦涩地低头看着地板。

"果波小姐自己也认可吗？"

"嗯。"果波面无表情地说，"都已经决定了。"

矶贝点点头。初次面谈结束，他也有了初步的诊断结果。发生在夏树果波身上的精神异变应该是心理分裂引起的附体现象。

"话又说回来，果波小姐是希望心里面的那个人赶紧离开的，对吗？"

果波点点头。

"如果您愿意的话，我可以帮助您，我过一段时间再过来，可以吗？"

果波看向丈夫，见修平点头，她说："拜托您了。"

治疗契约缔结完成，矶贝满意地点点头。

矶贝和修平一起走出十六楼的房间，乘电梯下到一楼。公寓和停车场之间有一个绿篱围起的小花园，他们决定在那里找张椅子坐下再聊一聊。

二人面对面坐下，在进入正题前矶贝先问了个问题。

"为了了解果波小姐的情况，可以请您帮忙联系她家里吗？"

"果波的父母吗？"修平思考着，他似乎有些为难。

矶贝知道他在犹豫什么。本来果波父母就不同意他们的婚事，他可能担心话题会牵扯到果波最近的异常，尤其是异常背后的原因——人流。

"不方便的话也不用勉强。刚刚果波小姐所说的话，没有什么你觉得奇怪的地方吧？"

"没有，虽然有些事情我也是第一次听说，但是家庭环境之类的应该没错。"

"那就不用了。"

"果波……"修平满脸担心地问，"究竟怎么了？她没事吧？"

"病症基本弄清楚了，是一种叫附体现象的罕见病例。"

"附体？"修平睁大眼睛，"好像听说过，那不是恶魔附体之类的吗？"

"嗯，恶魔或者是死者的人格附在人身上，但其实和这些没关系，不过是患者本人声称是这样。"

"这种情况是不是要请祈祷师、通灵师之类的啊？"

矶贝露出微笑："电视里经常能看到是吧？附体现象其实是精神病理学中一个正式的类别，精神科医生就是现代的驱魔师。"

修平露出半信半疑的表情。

"我系统性地解释一下吧。"矶贝从精神疾病的概述开始讲起，

"简单来说，精神障碍有三大类：器质性和功能性两种精神病，还有神经症，但是这种分类方法在学者间并没有形成统一意见，你就理解为是一个大体的分类就好了。然后，根据果波小姐的情况，应该不可能是毒瘾之类的。"

修平点点头。

"一开始我怀疑果波小姐是不是器质性精神病，也就是说脑部或者是其他器官发生异常，导致神经信号无法顺利传递从而引起痉挛等症状。但是从果波小姐的发病情况和脑波等一系列检查结果来看，这个可能性很低。"

修平认真地听着，矶贝继续说："第二个，功能性精神病。躁狂症、抑郁症、精神分裂症等就属于功能性精神病。发病原因现在还不清楚，一般认为是脑部神经和连接神经的化学物质的量出了问题。以上两种精神病，现在已经开发出了特效药，通过合理治疗，症状能得到有效控制。"那么户田麻衣子是怎么回事？想起这个，矶贝不禁抿紧嘴唇。"最后一种，神经症。在现代医学当中，一般是指脑部没有发现异常的病例，可以说单纯是由心理问题所引起的。人受到难以承受的心理创伤后就容易患上神经症。其中，遇到难以解决的难题时可能会出现失忆、痉挛等症状。这是神经症的一种，称为间歇性人格分离，曾经有一段时间也叫歇斯底里症。"

"歇斯底里？"修平惊讶地反问。

"是指学术上的分类名。这个词语在其他场合也经常用到，容易引起各种误解，后来就换掉了。和人们常说的那个歇斯底里不是一个概念。"

"啊……太好了。"修平略带笑容，似乎对心爱的妻子不是所谓的歇斯底里这一点松了一口气。

矾贝也笑了笑："所以果波小姐的附体现象，从目前来看，属于间歇性人格分离的可能性比较高，但是癫痫和精神分裂症之类的病症也会出现附体幻想，需要进一步观察才能确定。"

"如果果波是间歇性人格分离的话，"修平再次露出严肃的表情，"难以承受的心理创伤，是不是人流引起的？"

矾贝稍作犹豫，点点头："应该是。没办法逃离现状，于是在无意识中创造了一个那样的人格。"

"和最近经常听到的多重人格一样吗？"

"精神病理学上是有区别的。多重人格正式的名称是分离性身份障碍，患者往往在幼小时期受到虐待等伤害，从而逐渐形成不同的人格。果波小姐的成长阶段并没有类似的遭遇，最重要的是她本人有明确的被附体的认知，多重人格患者往往没有。"

修平似乎表示理解。眼前这位看似轻浮的年轻人毫不费力地就理解了自己的说明，矾贝不禁肃然起敬。估计是作为一名写手的采访经验让他培养出了这样的理解能力吧，畅销书作者的头衔可不是白来的。

"这样的话……"修平语气沉重地问，"如果和果波说不做人流了，把孩子生下来，她会变好吗？"

这不是个简单的问题。矾贝谨慎地说："首先要确认果波的附体症状到底是不是由间歇性人格分离引起的。如果是的话，发病的心理原因就很可能是人流。这样的话，答案是肯定的，但是我不能要求你这么做，怀孕二十一周前的人流是法律所允许的。"

"如果坚持人流果波会怎么样？会一直是被附体的状态吗？"

"要看程度。"矶贝继续慎重地说，"就算经过治疗后附体症状消失，在某种程度上心里还是会留下创伤。不仅仅是果波小姐，其他接受人流手术的女性也一样。"

修平充满歉意地说："这是男人永远也无法体会的痛苦。"

"是的。"矶贝说。这属于母性的问题，他想。

"虽然远不及果波，但我也很痛苦。"修平的脸上露出沉重的疲倦，"可以的话我也希望能把孩子生下来，但是不行啊，现在完全不是时候！"

"嗯？"矶贝暗示修平继续说下去。缓解家属的精神负担也是精神科医生的责任。

修平列出具体的金额并说明了家里的经济情况，似乎是希望矶贝能理解他们的选择。当然，矶贝也对此表示理解："确实挺难的。"他嘴上虽然这么说，但心里其实五味杂陈。夏树夫妇最终选择了眼前的公寓，而不是孩子的生命。他们为了生活更加轻松，为了能够维持丰富的物质生活。

说出心里话，修平似乎轻松了不少，他问矶贝："接下来要怎么治疗呢？"

"如果确定是神经症的话，接下来需要药物治疗和心理治疗双管齐下。一边用抗焦虑药物控制症状，一边和果波小姐交流争取解开她的心结，类似于心理咨询，这样可能比较好懂一些。"

"要多长时间呢？果波要多长时间才能治好？"

"现在还很难讲，不过……"话说到一半，矶贝突然意识到一个棘手的问题。有研究说孕妇服用抗焦虑药物会对胎儿产生不良影响，虽然影响并不大，但也有研究结果否定了这种观点。总之对于药物的致畸性，专家之间还存有争议。一般情况下，最好应该避免在容易对胎儿产生影响的孕早期对孕妇用药，可是夏树夫妻已经决意要做人流，是不是不需要过多考虑对胎儿的影响？

"不过什么？"回过神来，矶贝发现修平正盯着自己，他的脸上略有不安。

"没事。"说这句话时，矶贝已经做好了决定。只要果波还孕有胎儿，至少在孕早期就不应该对她用药，否则有悖医学伦理。"治疗时间可能需要延长一些。"矶贝说，他把药物可能带来副作用的事一五一十地告诉修平。

"对宝宝有副作用？"修平眉头紧皱，陷入沉思。

"刚才已经了解到你们要人流的意思了，但这毕竟不是既定事实。作为医生，只要宝宝还在就不该冒险。"

"专业的事情我也不懂，就听您的吧。"修平说。从语气中可以得知，他并未完全接受。

"夏树先生，可不可以不要用'您'来称呼我，直接叫我的名字吧。"

修平一脸惊讶地看着矶贝。

"就把我当个朋友。"矶贝继续说，他不愿意自己在脱下白衣后依旧披着医生的铠甲，"叫我矶贝就好了。"

"好的。"修平微笑着。

"至于治疗时间……放弃药物治疗就像是背着一只手打拳击，不能着急，要静观其变。"

"医疗费大概要多少呢？我们交了国民健康保险，百分之三十自费。"

修平又提出了一个新的问题。夏树修平是在自己的停职期找过来的，而收取诊疗费必须通过医院，这样一来，矶贝就不得不以主治医师的身份回到医院的岗位上，但他现在还不想回去。考虑到只进行心理治疗的方案，矶贝最后选择了私下处理："用药方面，每个月大概需要五千到一万日元，但是自治体对精神疾病有一定的补助，这点不用担心，而且当下只进行心理治疗，医疗费就算了。"

修平似乎有些过意不去："真的吗？"

"嗯，我正在停职嘛。"

"谢谢。"修平低头致谢，"啊，最后一点。那个人格出现的时候，我该怎么面对果波？"

棘手的问题真是一个接一个。矶贝诚恳地说："这也是一个在精神科医生之间存有争议的问题。是把另一个人格视为真实的存在予以认可，还是劝服她恢复原来的人格？你指的是这个吧？"

"嗯。"

思考片刻后，矶贝说："对于附体人格，不要把她当作果波小姐，请试着去接受她。如果能了解到她的性格和名字之类的或许还能为治疗提供参考，也可以借此了解果波小姐为什么会选择这样的形象作为另一个人格。"

"其实我上次隔着对讲器问过她的名字。"

"嗯?"矶贝向前探出身子,这可是第一次听修平说起,"然后呢?"

"对方只是一个劲儿地说:'猜猜我是谁?'昨晚发作的时候果波也说了同样的话。"

是果波害怕被确定人格吗?还是说她的意识还没有完全把这个虚拟的人物创造出来,所以无法回答?果波自己的人格将附体的人称为"孕妇",或许这里隐藏着什么线索……

"对了。"修平抬起头,似乎突然想起了什么,"刚刚你有没有注意到果波说话时有一点口音?"

"欸?"

"果波是仙台人,但平时说话时完全没有口音,而且那种口音也很难模仿出来。"

"这不算稀奇,有些多重人格障碍患者轻轻松松就能模仿其他人的说话方式。比如土生土长的东京人突然能说一口流利的关西腔。"说到这里矶贝突然意识到,果波另一个人格的原型会不会是一个现实中存在的人?"你知不知道果波小姐认识的人里有谁是那种口音的?线索只有一个——那是一位孕妇。"

修平歪着头思索了一会儿,说:"不是很清楚。"

"没关系,以后再慢慢调查吧,还有其他问题吗?"

修平略显犹豫地说:"刚刚的说明真的非常通俗易懂,可我还有两个疑问,一直想不明白。昨天晚上果波发作的时候,为什么会跳闸？然后今天她明明第一次见你，怎么知道你是医生？可能还是人格附体对我来讲比较容易接受。"

矶贝突然想起还有问题没解决："你可能把顺序弄反了。关于跳闸，会不会是房间突然变暗引起的不安成了夏树小姐发作的导火索？"

"啊！"修平小声地说。

"至于为什么会认识我，可能是昨晚你给我打电话时果波小姐在门外听到了。"

修平频频点头："原来是这样啊！这样的话我就没什么担心的了。"

矶贝并没有提及他心中的疑问。夏树果波为什么知道户田麻衣子的事情？是在文京医大就诊时两人见过面吗？但这也说不过去呀，妇产科和精神科的等候室离得很远，而且就算两人遇到过，果波应该也不知道户田麻衣子是矶贝的病人。

想起果波毫无演绎性且毫不夸张的附体人格，矶贝不禁皱起眉头。修平提到的那个女人的黑影突然浮现在了眼前。

2

从修平家离开后，矶贝直接奔赴医大的图书馆，借了一大堆关于附体现象的专业书和论文等资料。他的直觉告诉自己，夏树果波的情况并不简单。他搜索了精神医学界的专业杂志，还检查了记载典型病例的《一例论文》，但是收获并不大。随着城市文明的发展，附体现象出现的频率越来越低，这是其特征之一。

矶贝到图书馆的服务台借了纸袋，两手提着沉甸甸的书，在傍晚时分回到了位于目白的公寓。

"哥，你回来啦。"暂时寄住在家中的妹妹美穗出来迎接，"你见到夏树先生了吗？我跟他说你在击球练习场。"

"你还真是爱多管闲事。"矶贝故意做出一副不满的样子。

"还不是因为他看上去太着急了。"

应该是吧，矶贝想。夏树修平一定很爱他的妻子，愿意为她竭尽一切。想到这儿，矶贝扭头看向比自己小八岁的妹妹。

"干吗啊？"美穗问。

刚满二十九岁的妹妹，已经做了三年家庭主妇，但是从外表上丝毫看不出来是个已经成家的人。她在国立医院当护士时和一名内科医生相识、结婚，现在正在进行离婚调解，于是搬到了哥哥的公寓暂住。离婚的原因是丈夫出轨了别的护士，这是这一行常有的事。自那以后，"医生就没有一个好东西"便成了她的口头禅。

"看来我俩都和婚姻无缘呐。"矶贝叹息着说。

"要不你去找广川医生复合？"妹妹迅速反击。

矶贝一脸苦笑。仍在妇产科任职的广川晶子，矶贝的大学同学，橄榄球部的经理。现在的这套房子也是当时为了结婚购置的，矶贝从未想过对方会取消婚约。

时至今日，矶贝偶尔仍会反省是不是自己错了。对于能从工作中获得价值感的恋人，自己却要求对方完全投入家庭，这是不是也算是一种无视女性权利的自私要求。

户田麻衣子躺在HCU里的样子突然浮现在眼前，短暂忘却的伤痛再次苏醒。对饱受不孕困扰的儿媳不依不饶的婆婆……在受到传统观念桎梏这一点上，自己和那位冷酷的老妇又有什么区别。

"抱歉，打击这么大吗？"美穗紧张地看着哥哥，"你背影看上去还挺靠谱的，一定可以找到合适的人啦。"

"我只能靠背影来找女朋友了是吗？"矶贝说着走进客厅，"让你白住话还这么多，快给我做饭。"

"遵命！"美穗走向客厅。

矶贝关掉没人看的电视，在书桌前坐下。用作书房的房间已经被妹妹挤占了。他在地板上的纸袋里一阵摸索，把成堆的资料搬到桌子上，将笔记本在桌上摊开，埋头于文献中。

附体现象在科学发展前是极为常见的精神疾病，《圣经》中也描绘了人们被恶灵附体的样子。昭和时期前日本也频繁出现过狐狸附体、犬神附体之类的报告。后来随着医疗领域的发展，近代合理主义的思想逐渐普及，一直困扰人们的超自然现象才迅速销声匿迹。矶贝作为一名精神科医生，在过去八年的临床经验中只遇到过两位类似的患者：一位是二十岁的女性，在新兴宗教的传教仪式中被教祖唤出的人格附身；另一位是女高中生，在玩一种类似于狐狗狸[1]的通灵游戏后出现了行为异常的症状。结合抗焦虑

---

[1] 日语里叫こくり或こっくりさん，是日本的一种占卜。

药物住院几天后，二人都很快就痊愈了。

万事小心为上，矶贝不敢掉以轻心。夏树果波的情况和之前的两位有明显的差别，她究竟是被什么附体了？有口音的孕妇……如果说她模仿的是一个实际存在的人物，那么附身的就不是死灵，而是生灵？

矶贝把资料中与附体有关的研究报告一一找出来，发现这一精神疾患也深受文化背景的影响。日本以狐狸、犬神等动物灵以及祖先的人格附体居多，欧美则是压倒性地以恶魔附体为主。

其中尤其值得注意的是幻想内容的色情倾向上的差异。被"恶魔附体"的欧美女性经常在幻想中遭到强奸，日本则很少有这样的性色彩，甚至可以说完全没有。这或许是社会不同程度的性压抑所带来的差异。自古以来，日本在对待性有关的问题上采取的态度，说得好听点是宽松，说得难听点就是放纵。听说现在日本有些地区仍保留着夜间私通的风俗。这背后有多少不被欢迎的胎儿惨遭人流，矶贝不禁感慨。但人毕竟是有性欲的，如果社会整体对性的压抑过大，则很可能出现大量的神经症患者，就像十九世纪末的欧洲。

人类这种生物还真是难伺候。自己或许也一样。

"饭好啦！"厨房传来妹妹的声音。

"你先吃。"矶贝胡乱应付一声，继续分析夏树果波的症状。多种精神问题都会引起附体幻想，首先得做好鉴别。目前暂时排除了器质性精神病的可能，但是不能因为检查结果是阴性就掉以轻心，有些问题是检查不出来的。从中井妇产科医院院长记录的发作情况看来，比起强直阵挛，倒更像是分离性痉挛。

功能性精神病中的精神分裂症呢？可能性应该也不高。孕期女性的精神病发病率极低，虽然有孕妇表示自己很焦虑、不安，但那是性激素分泌量的变化引起的，并非狭义上的精神病。怀孕前患有精神分裂症，进入孕期后症状有所缓解的女性不在少数。虽然原因还不清楚，但孕妇基本算是离精神疾病最远的一个群体。

矶贝从书桌的角落抽出两本册子，准备参考诊断标准。一本是美国精神病学会制定的《精神障碍诊断与统计手册（DSM-IV）》，一本是世界卫生组织发布的《国际疾病分类精神与行为障碍（ICD-10）》。除了这两个标准，日本还有一个传统标准，所以目前日本精神医学界并没有一个统一的诊断标准。由此可见精神领域的疾病概念是多么难统一。不过无论采用哪种诊断标准，治疗方式本身并没有太大差异。

矶贝查看了最有可能的分离性精神障碍的诊断标准。猜测果波可能是DSM-IV《300.15：未特定的分离障碍》中的《分离性转换障碍》，或者是ICD-10中的《F44.3：出神和附体障碍》——表现为暂时性地同时丧失个人身份感和对周围环境的完全意识。在某些病例，患者的举动就像是已被另一种人格或"力量"所代替。

看来基本可以确定是人流的纠葛导致夏树果波患上了分离性精神障碍。

矶贝继续扎进成堆的资料里，逐一查看了类似病例的报告，看完后不禁一阵失落。所有病例都和他过去遇到的两个临床病例相似，没有任何一篇报告提到过夏树果波表现出的与常人无异的表征、超感官直觉以及常被误认为是超能力的极端敏锐的洞察力。

矶贝暂时停下，陷入片刻的思考：果波为什么知道户田麻衣子是自己的病人？然而一无所获。

他重新振作精神，制订后续的治疗方案。首先通过除外诊断确定果波是分离性障碍，然后通过心理治疗消除她内心的纠葛，逐步达到痊愈的效果，过程中必须弄清那个附体人格究竟是什么。夏树果波的症状在早期就形成了具体的人物形象。为什么附体的是那个人格，那个人格想表达什么？附体人格的言行可以充分反映果波的心理状态。

一本专业书中写道："附体人格容易在睡眠状态下出现"。看来还得考虑催眠疗法。有研究表明睡眠状态下的净化作用能在一定程度上消除附体障碍。

矶贝在椅子上躺下，大脑已经过于疲劳。一阵饿意袭来，回头却看见餐桌上已经凉透的晚饭。从妹妹临时借宿的房间传来打电话的声音，看样子已经打了很长时间。

矶贝埋头于文献，完全忘却了时间，现在已经过了晚上十一点了。

3

修平注意到在精神科医生离开后，家里的气氛发生了微妙的变化。契机是他坐在工作间电脑前的时候，感觉背后有人盯着电脑屏幕。他猛地回头四处查看，房间却空无一人。

明明感觉到了人的气息。

起初他以为是自己的错觉，然而自那以后，总能感觉到有什么人在屋内活动。

修平反复回想着矶贝的话，强迫自己接受他的解释：果波是精神障碍，不是什么附体。

冷静想来，自矶贝来过以后附体人格就再也没有出现过。果波虽然一直请假在家，但是每天都按时起床，家务也照常做，到了深夜十二点就准时睡觉。只是自从知道自己怀孕后，果波就再也没和他有过亲密接触，修平的欲求一直无法得到满足。

周一，修平接到了桥本的电话。他没有具体说明，只表示希望可以尽快和修平见面。应该是想最后再商量一次合约记者的事情吧。修平迈入雨中，走向车站附近的咖啡店。雨已经下了好多天了。

这位编辑，自己的好朋友，提前五分钟就到了店里。简单问候后，看着好友阴沉的脸，修平有一种不好的预感。二人面对面坐下，跟服务员点完咖啡后修平率先开口："是合约的事情吗？"

"嗯，不过那个不是主要的。"

"不是主要的？还有其他的？"

"好吧。"桥本自言自语似的说。他十指交叉，放在桌子上，这是他商量难题时的习惯动作："先说我的事吧，合约的事情只要你今天给我回复就没什么问题。"

我已经决定好了……修平正准备开口却被桥本打断："还有

一件事与果波有关。"

"果波怎么了？"修平感到自己的表情有些僵硬。

"她和我们的合同快要到期了，你知道吗？"

是这样啊，修平显得有些为难。

"她的病假再请下去，合同就续不了了。"

修平压低声音，说："我理解……能不能通融一下？"

"社长倒是觉得请个把月也没什么，不打算追究，但是事情似乎有些古怪。"

"怎么了？"

"社长给你家打过电话你知道吗？"

修平惊讶地摇摇头。

"一个自称果波朋友的女人接的电话，她说'果波已经决定不干了'。"

修平不禁大声问："你说什么？"

"据说社长让她把电话交给果波，希望确认一下本人的意思，没想到对方直接把电话给挂了，而且这件事好像还发生了两次。"

修平惊愕不已，回想着过去几天发生的事情。他把自己关在工作间的时候，果波确实接过电话。因为电话没有转过来，他也就没有注意……

"这一来二去的，社长也被吓到了，他说要是再这么下去就换一个人。"桥本对修平说，他显得有些气愤，"再不负责任也不能这样吧，果波的那个朋友到底是谁啊？"

"不知道。"修平当即撒了个谎，"可能是我不在的时候有人来了吧。"

可是，那个"有人"到底是什么人呢？

"果波自己是怎么想的？"

"她应该是想继续干下去……"说到一半，修平停了下来。真正想让果波回到工作岗位的难道不是自己吗？为了维持现在的生活，为了拿妻子的工资还公寓的房贷……

"她的病怎么样了？快好了吗？"

"可能还要些时间。"

桥本面露难色："这可怎么办……"

"我也不知道。"修平觉得不能再给公司添麻烦了，他说，"果波的病还得再观察一段时间，公司那边就你们商量着办可以吗？"

"好。"桥本点点头，"你呢，夏树？合约怎么说？"

"我接，拜托了，这么下去生活太没有保障了。"

"对啊。"桥本不无同情地说，"希望果波能快点好起来。"

修平点点头。

在和桥本分开后回家的路上，修平的脚步格外沉重。光靠合约记者的工资，难以维持夫妻二人的生活，这是摆在眼前的事实，眼下只能动用存款了。可是存款也撑不了多久，果波什么时候才能好起来啊……

修平想起桥本提到的电话一事，接到社长电话的肯定是那个附体人格。她是成心想破坏自己和果波的生活吗？修平有些愤怒，很快又陷入混乱。按照矶贝的解释，那个人格是果波的纠葛所产生的。那么，附体人格的意志究竟是谁的意志呢？想辞职的，其实是果波自己吗？

路边有一家卖室内用品的杂货店，修平合上雨伞走进店里。他找到一个小小的立式相框，价格不贵，设计也很好，便买了下来准备当作护身符。

回家后，看到果波不是附身的状态，修平暂且松了一口气。是否应该把桥本提到的解除合约的事情告诉果波？他犹豫了一会儿，决定还是先不说。他不想再伤害果波了，就像当初决定和她结婚时那样，一定要好好保护她。

修平走进杂物间。那是一间五叠大的西式房间，搬家时的一些行李还原封不动地放在这里。他打开其中一个牛皮箱，拿出一摞照片，从中选出订婚后两人到游乐园游玩时的照片。看着照片，往事一幕幕浮现在眼前。当时受一对同龄情侣的邀请，他们互相给对方拍了照片。果波和修平都笑得很开心。

新买的相框大小正好合适。修平回到客厅寻找一个显眼的地方，最后决定把相框摆在电视上。希望这能让果波回想起当时的幸福。

"你在干吗？"

背后传来一个低沉的声音，修平一动不动。他没有回头，但他很清楚，妻子已经换了一张脸。

"想回到过去啦？真没出息。"

修平缓缓回头，眼前出现了两个充满蔑视、炯炯有神的瞳孔。

雨声更大了，悲伤涌上修平的心头。

"赶紧把那玩意儿给我扔了。"

女人说着就伸手要把相框夺走，修平紧紧护住，他实在不愿让如此重要的回忆惨遭她的毒手，却没想到女人的力气竟然这么大。在争夺的过程中，修平注意到一个新的情况。受附体人格控制的果波，竟然连身上的气味也完全变了，她的气味比果波身上的更加浓烈。一股吸引雄性的、带着浓厚性意味的气味裹挟了修平。

闻到这股赤裸裸的带着雌性荷尔蒙的气味，修平确信，眼前这个女人已经不是自己的妻子了。对妻子病情的痛恨顿时化作想要蹂躏眼前这个女人的冲动。

修平从女人手中一把夺过相框，然后脚下一绊，把她放倒在沙发上。女人发出几近凶残的尖叫声奋力抵抗，修平越发坚定这个人不是果波。修平两手抓住女人的头发，按住她的头亲了上去。没想到女人竟一口唾沫吐在了他的脸上。修平恼羞成怒地扬起手，却被女人先发制人打了一巴掌——结结实实的一巴掌，修平怀疑自己的鼓膜是不是被打破了。轰轰的耳鸣声中，修平的愧疚感油然而生："我到底在干什么？"女人立马一脚踢中修平的下腹，他顺势倒在地板上。

女人气喘吁吁地起身，径直跨过在地上痛苦呻吟的修平。过了一会儿，厨房传来一个低沉的声音：

"要是再敢有下次，你给我试试。"

修平抬起头，看见女人手握菜刀俯视着自己。

他沙哑着声音，说："你难道要杀了我吗？"

"不。"女人皮笑肉不笑，将刀刃对着自己的脖子猛地划了过去。

修平正要大喊，女人却瞬间变换了一副表情。果波看着自己手上的菜刀，惊叫着一把扔开。

"修平？"看着面前带着哭腔、一脸疑惑的妻子，修平顿时瘫倒在地上。饶了我吧，放过我吧！但是看着恢复原貌的妻子，他终于找回理智，一股强烈的责任感涌上心头：不能再让果波受到折磨了。

"发生什么了？"果波问，瘦小的身体恐惧地颤抖着，"我……做了什么？"

"没事啊。"修平强作镇定地说，"不要担心啦！"

修平收拾好菜刀，从沙发底下捡起相框，还好玻璃没有被摔碎。他走到妻子面前，把相框递给她："你看看这个，刚买的，很不错吧？"

果波用充满疲惫的双眼静静地盯着两人恋爱时期的彩色照片。照片中的两个人，脸上挂满了幸福的笑容。果波的眼眶逐渐湿润，最后把照片抱在胸口放声大哭。

修平紧紧地抱住果波瘦弱的肩膀。那个女人的气味已经消失了，他内心那股强烈且忘我的性冲动也随之烟消云散了。

男人这一物种，精神上是不是多少有点问题？修平心想。

4

周五将进行第二次会面，为此矶贝提前找到了医院的同事。他要学习催眠。

催眠术并没有被纳入精神科医生的教育体系中，但是有些对催眠疗法感兴趣的医生会在身边找师傅自学。修平此前也半信半疑地简单了解过催眠的技法，还接受过短期训练，但是终究没有达到可实用的地步。

上门诊疗的日子到了。

他驱车前往驹达。到了公寓后，修平已经在楼下等候了。他看上去非常疲惫："我想先给你汇报一下果波最近的情况。"

看来有些话他不想让果波听见。矶贝表示同意。

"附体发作时的果波完全是另外一个人。"修平开门见山，他的语气中透露着恐惧。据修平描述，果波发作时，她的体味发生了变化。听到这个矶贝有些手足无措。这种症状哪怕是翻遍所有医学书籍也找不到类似记载。如果修平说的是真的，难道是因为果波的内分泌情况发生了变化？

修平继续往下说。按照他的描述，这段时间虽然附体人格出现的频率降低了，但是出现了危及二人生活的行为。

"情况控制不住的话，要不要考虑住院治疗？"

修平急忙摇头，他似乎有些震惊："不，还是不住院了。"

"为什么？"矶贝冷静地问。

"我会照顾好果波的。"修平明确地说。矶贝放下心来。

二人乘电梯上到十六楼。

果波已经在客厅等着了。矶贝和她打过招呼，确认附体人格没有出现。果波比上次更加憔悴了，声若蚊蚋。了解了过去一周的情况后，矶贝意识到果波的情况有些恶化。

"失去记忆的时候，完全不知道自己会做出什么来。"果波说，"我根本不是我。"

她的声音听起来就像个小孩子，她多少出现了一些退化现象。

"现在感觉怎么样？那个孕妇还在心里吗？"

"嗯。"果波点头。

附体现象的典型症状。本人能认识到附体人格存在的同时性双重人格，以及附体人格出现时本人记忆完全丧失的继时性双重人格。

"那一定很难受吧？不过你放心，一定会好起来的。"矶贝鼓励果波，随后微笑着继续说，"今天我们来做一些好玩的游戏吧。"

"什么呀？"

"来，把手伸出来。"

果波伸出双手，矶贝将自己的手掌轻轻覆在果波的手上："我的手向上抬的时候，果波的手也会跟着向上抬哦。"

果波难以置信地睁大眼睛。

"真的，我们试一试吧。三、二、一。"矶贝倒数三声后将自己的手慢慢往上抬。果波的手也跟着向上抬。

"欸？"果波不可思议地盯着自己的手。

被暗示性似乎很强。临时抱佛脚的催眠师矶贝稍稍放心了些，他告诉果波接下来要尝试催眠。

"催眠？"果波不安地看向丈夫。

"可以请夏树先生也陪在旁边。"

"那好吧。"果波点点头。

矶贝请修平把窗帘拉上，屋内立刻暗了下来。他让果波移步到单人沙发上，把事先准备好的烛台和蜡烛在桌上摆好，打算用凝视法做催眠诱导。用打火机将蜡烛点亮后，昏暗的房间闪烁着淡黄的烛光。

"来，我们先放松身体，放松……"矶贝轻缓地说。

"眼睛看着蜡烛。看着看着，你越来越困，眼皮越来越重，越来越打不开……"

果波靠在沙发上，似乎要睡着了。短暂的诱导过后，果波的催眠程度越来越深。

矶贝问："现在感觉怎么样？"

"好像在飘。"果波发出孩子般的声音。

"很舒服是吧？"

"嗯。"

"眼前有没有看到什么东西呢？风景之类的。"

"看到了绳子。"果波露出孩子般的神情。

"什么样的绳子呢？"

"绑在大树上的，白色的绳子。"

应该是神社的界绳，矶贝猜测。他继续问："周围有什么呢？"

"石阶。"

"石阶的上面是什么呀？"

"神社。"

"哪里的神社呢？"

果波微微皱起眉头："不知道……"

矶贝看了看修平，修平歪着头表示自己也一头雾水。修平转而继续看着果波的脸，问："现在是什么时候呢？知道吗？"

"呃……嗯……"果波思考着，口中发出孩子般口齿不清的声音。

"果波现在几岁呀？"

"十一岁。"

"在神社做什么呢？"

"不能告诉你。"

"为什么呀？"

"孕妇小姐不让我说。"

矶贝注意到修平愣住了，他屏住呼吸静静地旁观着。

"那个孕妇小姐是果波认识的人吗？"

没有回应。

"她为什么不让你说呢？"

"她叫我不要说。"

"孕妇小姐现在在哪里呀？"

"在我心里。"

"能不能让我和孕妇小姐说说话呢？"

果波的肩膀一抖，明明没有风，烛火却开始晃动。修平震惊地看着矶贝，矶贝继续保持着冷静。烛火晃动应该是果波的呼吸略微加快的缘故。

"能让我见见孕妇小姐吗？"矶贝又问了一次。

"不行。"

"为什么不行呢？"

"就是不行。"

"在夏树果波心里的那位孕妇。"矶贝故意拿出威吓的语气，"你出来！到我面前来！"

"啊……"果波眉头紧锁，脸上露出苦闷的表情，胸口剧烈地上下起伏。震动喉咙的喘息声逐渐加快，不久便发展成呻吟。看着果波近乎荒唐的反应，修平显得有些动摇，他紧紧地盯着果波。

过了一会儿，果波伸出双手，张开双腿，神情恍惚。看上去像是女性达到性高潮时的样子，同时也是类似于宗教性癫狂的表现。不管怎样，这是矶贝第一次亲眼见到人格变换的过程。他仔细观察，但是并没有发现修平上次说的毛发倒立的诡异现象。

过了一会儿，果波的声音逐渐平息，面部表情也发生了明显的变化。她眼角微微上扬，咬紧牙关似的紧闭嘴唇。她的脸部阴影略微松弛，给人一种邪恶的感觉。新出现的人格用她乌黑的瞳孔不满地瞪着矶贝和修平。

"你是谁？"矶贝问。

"猜猜我是谁？"女人反问。

矶贝平静地说："我不知道，所以问你，你是不是没有名字？"

"有也不告诉你。"

是解释抵抗吗？矶贝想，难道是果波在无意识地抗拒暴露这一人格的身份？

"你是个孕妇，这个没错吧？"

"你说呢？搞不好是肚子里塞了东西哦。"女人说着发出阴沉的笑声。

"果波小姐认识你吗？"

"就算见到她也应该认不出来吧。"

"那是什么意思？难道是以前的朋友？"

"白石果波不知道我长什么样。"

女人用的是果波的旧姓，这是一个重大线索。"那你知道果波长什么样吗？"

或许是戳到了女人的痛处，她突然面露不悦："你说呢？"

"你们认识吧？"

"你好啰唆啊。"

交流过程中，矶贝被果波体味的变化震惊了。修平说的是真的，果波身上散发着浓烈的女人的体味，直冲鼻头，应该是挥发性分泌物的味道。矶贝不禁回想起妇产科医院那特有的味道。

"那我直接问吧。"矶贝说，"你如果不想回答可以不回答，但是不要撒谎。"

女人露出轻蔑的笑容。

"你为什么附在果波身上？有什么目的？"

女人不假思索地说："为了保住孩子。"

修平浑身僵住，矶贝继续冷静地说："孩子？谁的孩子呢？是你自己的孩子吗？"

"不是啊，果波的孩子。她无情的老公要把孩子杀死，所以才会这样。"女人冰冷的视线看向哑口无言、呆呆地伫立着的修平，"宁愿不要孩子也舍不得公寓是吧？啊？你倒是说话呀！"

修平脸色发青，紧握的双手微微颤抖着。矶贝见状赶紧介入："你有打算离开果波吗？"

"没有。"

"如果有什么需要帮忙的我一定协助你。"

"那赶紧先换一个靠谱的医生吧。"女人不无嘲讽。

"怎么说？"

"像你这种庸医能干什么？只会让患者更加痛苦吧？杀人才是你的主业。"

户田麻衣子的样子浮现在眼前。矶贝将麻衣子落向地面的画面从脑海中挤出去，拼命控制好自己的情绪。"你所说的患者是谁？是具体的人吗？"

"就是现在你脑子里的那个。"

"说名字！"

"说出来我怕你受不了啊。"

女人的话像一双看不见的手，它扎入自己体内，在胸口不停搅动。矶贝失去语言能力的短暂时间里，女人的脸开始变化，表情逐渐恢复成果波的样子。

"等等！"

矶贝连忙阻止。就在这时，"啊！"修平突然尖叫了一声。矶贝赶紧扭头查看情况。这时，桌子上的蜡烛突然熄灭了，房间一片漆黑。修平指着果波大叫："你看见了吗？"

"什么？"矶贝赶紧回头看向果波。矶贝在一片黑暗中凝神细看，只见果波已经回到了催眠状态，似乎在等待矶贝的指示。

"影子！"修平指着果波背后的墙说，"一个孕妇的黑影……她站起来，去了卧室！"

"你冷静点。"矶贝看向果波，给了她一个简单的暗示，"接下来我数到三你就会醒过来。醒来后神清气爽、心情舒畅。我开始数啦，一、二、三！"

矶贝两手轻轻一拍，果波睁开眼睛，一脸迷糊的样子。

"感觉怎么样？"

"和以前一样。"果波说。

"还觉得有人附体吗？"

"嗯。"

"虽然很沉重，但是请允许我再确认一点。"矶贝谨慎地说。

"肚子里的孩子，今后你打算怎么办？"

"只能做掉。"果波表情僵硬。

"不想放弃这个打算？"

"都已经定好了。"

矶贝心里有了主意。果波的病是分离性的附体障碍。不得不人流的现实和想生孩子的愿望将夏树果波的心拉扯成了两半。

修平走向墙边，打开电灯。

在明亮的灯光下，矶贝认真端详着眼前这位内向的女性。不好办啊，他在心里嘀咕。要保护腹中胎儿的不是果波，而是附体人格。如果治疗奏效，成功将附体人格赶出去的话，夏树果波应该会毫不犹豫地选择人流吧。

修平彻底被击垮了，被眼前的异变，被那个占据了妻子肉体的女人所说的话。从认识果波到现在，果波从未对他表现出如此的憎恶与轻蔑。果波冰块般冷漠的视线在他脑中挥之不去。和矶贝在停车场边上的小花园面对面坐下时，他明显感觉到自己的身体已经没了力气。

"刚刚你说……"矶贝率先开口，"影子动了？"

"嗯。"修平抬起头盯着这位把自己当朋友的比自己年长十多岁的精神科医生。现在，这位长相粗鲁的医生成了他唯一的依靠："我的确看见它动了，一个大肚子女人的影子。"

没想到矶贝毫不在意地说："那应该是幻觉吧。"

修平难以理解地反问："幻觉？"

"刚刚为了给果波做催眠，故意营造了容易被暗示的氛围。在黑暗的房间里点上蜡烛……你也在房间里。"

"你是说我也受到了暗示？"

"嗯，不是经常能听到嘛，新兴宗教的集会中有人看到了奇迹什么的。那其实是祈祷性精神病，偶尔会出现短暂的幻觉，不用担心。"

"那果波不是什么恶灵附身，而是精神病，对吗？"

"当然。"

修平绝望地说："也就是说果波在催眠状态下说的其实是她的真心话，她借助附体人格把自己埋在心里的话告诉了我？"

"但那并不全是事实，不过是纠葛的一方面而已，另一方面则是和以前一样的温柔的果波小姐。"

修平并没有从矶贝的话中得到安慰，他觉得以前的果波已经一去不复返了。"温柔的果波也不是她的全部吧？"

"这很正常。"矶贝说，"不管是夫妻还是朋友，人与人的关系中肯定存在着好与恶两种截然相反的感情，关键是看哪种感情更强。要是果波小姐不想和你在一起，她就不会那么纠结，也不会发展出附体人格了。"

修平的思想出现了动摇，他不知道该如何处理。他现在觉得，婚后生活就是一个对对方所抱有的幻想不断幻灭的过程。难道所有的男男女女都是隐藏好自己的真面目，相互欺骗着步入婚姻的吗？

"关于果波小姐的情况，说实话……"矶贝缓缓道来，"果波小姐是为了表达自己无法发泄的不满才造出了那个人格，让她代替自己说一些自己说不出口的话。果波小姐不愿做人流，又不敢当面说，她在内心不断拉扯，最终呈现出了附体状态。"

"我们回到上次那个话题。"修平叹了一口气，说，"是不是放弃人流果波就能好？"

"是的。"矶贝盯着修平，问，"你是不是觉得可以重新考虑？"

"不行，现在情况越来越艰难了。"修平把果波即将失业和自己被迫接受编辑工作室廉价合同的事情一五一十地告诉了矶贝。

"如果是你的话，你会怎么办？是抛弃所有财产，还是选择人流？"

"一般情况来讲，恐怕大多数人都会选择人流吧。"矶贝脸上显得有些疲倦了，"就算不遇到你这样困难的情况也有很多人选择人流。日本每年有一百五十万女性怀孕，其中有三四十万人选择人流。"

"三四十万？"修平抬起头。

"嗯，每四到五个孕妇中就有一个人选择人流。如果我们认可被人流胎儿的人类身份，那么日本人死亡的最大原因就不是癌症了，而是人流。"

修平沉默着，他想起了被安乐死的猫咪的数量。遭到主人遗弃最后被安乐死的猫和狗，每年分别差不多有三十万只。这个国家，被人流的人类胎儿比被处理的猫和狗还多。

为了不让更多动物遭遇不幸，我们强烈呼吁大家给宠物做好绝育手术——

需要做避孕手术的不是宠物，而是饲主。

修平终于意识到了自己的自大。当初采访时，他希望能靠自己的笔救下哪怕一只小猫。现在想想自己不过是以一种脱离社会的高高在上的眼光看待问题而已，以为光靠自己的文章就能让社会有所改变。其实自己也只不过是这千疮百孔的社会的一员而已。

"不过这并不是说我赞成人流，能不做还是别做吧……"

"为什么？"修平自己也不知道这团怒火究竟因何而起，他继续说，"不受父母待见的孩子，不生下来不是更好吗？"

"是吗？"矶贝用尖锐的语气反问，"你是说怀了自己不想要的孩子，父母就可以理所当然地让它遭遇不幸吗？这种想法是不是太傲慢了？说到底，不幸的人难道就不应该被生下来吗？这个世界上有不应该被生下来的人吗？作为一个外人，我们难道可以抓住一个人对他说'你不应该被生下来'吗？"

无可反驳。修平哑口无言，听矶贝继续说。

"当然，我不是说一切人流都不对。法律上也有规定，为了保护母体健康，以及遭到强制性行为后导致怀孕之类的情况应该积极地进行人流。我自己也是男人，我很清楚。现在大多数人流根本就不是这些情况。男人为了获得性快感什么都干得出来，用钱买女人、脸不红心不跳地骗人家说什么'我爱你'。从结果上来讲，不采取避孕措施的男人，他们的心理和那些性罪犯没有任何区别。明知道会给女性带来巨大伤害却只顾满足自己眼下的欲望。"

修平无言以对。那天晚上，自己就是一个禽兽。一个用爱啊、浪漫啊之类的漂亮话来伪装自己的禽兽。不，连禽兽都不如。

"我们都是胜利者，已经来到了这个世界。但是还有很多孩子还在生死攸关的关头上，他们甚至不知道自己能不能来到这个世界。我们的生活和权利固然重要，但是如果我们只考虑这些的话，还有谁愿意听一听胎儿们的呐喊？"

可修平已经无法控制自己的偏执："我知道，你说的我都知道，但是现在已经不能回头，只能人流了……"

"不，对不起，可能是我多管闲事了。"矶贝有点慌张。

矶贝态度上的剧烈转变让修平困惑不已。他意识到，矶贝应该很少进入这种忘我的状态。可是，是什么让矶贝如此愤慨呢？难道矶贝也有一段关于人流的痛苦的过去？

"精神科医生的方针是只关注病情，不干预患者的个人生活。我没有资格对你们做的决定评头论足。如果你们希望在十一周前完成人流，建议尽早办理相关手续。"

听到"十一周"这个词，修平突然意识到时间已经所剩无几："超过十一周是不是会给母体带来很大的负担？"

"嗯，十二周后胎儿过大，不适合在子宫内刮除，需要使用药物人工引产。孕妇至少要在医院住院几天，和分娩没有什么区别，心理上的打击也比较大。"

果波现在已经怀孕十周了。时间不多了，左右为难的情绪再次笼罩了修平："人流之后，果波的附体现象仍旧一直不好的可能性大吗？"

"人流顺利结束后就可以不用考虑对胎儿的影响，可以积极采用药物治疗。此外，我还想到了一个特别的治疗方法。"

"什么？"

"催眠状态下出现的附体人格，我猜测那是果波以前的朋友。"

听矶贝这么说，修平突然想起来："这么说的话，她出现在对讲机的那天，果波说她'见到了一个老朋友'。"

"哦?"矶贝向前探出身子。

"她还问我下次能不能把她带到家里来。"

矶贝恍然大悟地点头,仿佛长久以来的谜题终于解开。"我终于知道了。果波小姐可能是真的见到了以前的朋友。那位朋友很久没见,肚子已经鼓起来了。果波很羡慕她,自己也想像她一样,于是产生了自居作用。她之所以会把正在怀孕的朋友选为附体人格,就是因为这个。"

矶贝的观点有很大的说服力:"也就是说果波在模仿那个朋友?"

"是的。我刚刚所说的特别的治疗方法就是,如果果波模仿的是一个实际存在的人物,事情就很好办了。只要把那个人带过来,也就是说只要让她见到那个人,果波的无意识就没办法继续演戏了。她坚决不肯透露那个人的名字,可能也是不想让我们找到她。"

修平若有所思地点点头,矶贝见状赶紧解释:"但这只是为了消除附体症状的办法,非常粗暴。一般情况下最多用心理疗法消除纠葛就好了,不过即便这样要是能了解到更多关于那位朋友的信息也很有帮助。"

"问题是我们不知道那位朋友是谁、现在在哪里,对吧?"

"总会知道的,今后的治疗中应该也能发现更多线索。"

修平对今后的治疗有了些许的期待,他再次做出那个艰难的决定:"我再申请一次人流。"

"到时候症状还没有缓解的话,我也去手术现场吧。"

"拜托您了。"修平深深地低头致意。

5

整个周末，修平因为杂事忙得焦头烂额。

向中井妇产科医院递交的第二次人流申请很顺利就被受理了，应该是矶贝提前和对方打了招呼。矶贝和中井院长似乎是旧相识。

完成申请后，修平又完成了两项沉重的工作，都和编辑工作室的合同有关。

他让果波写了一封委托书，自己带着委托书去Book Craft见了社长和桥本。修平对妻子长期缺勤一事表达了歉意后，解除了果波的合同。接着他拿出自己的印章在合同上盖下，成为Book Craft的合约记者。修平被派遣到一家杂志社工作。那是一本面向二十岁年轻女性的时尚杂志，并不是报道社会问题的新闻杂志，不过他反倒对这个安排感到满意。自己并没有登上媒体大谈国家大事的资格。他请求工作能晚一点开始，多给他一些时间，为了陪伴妻子进行第二次人流。

除此之外，还有一些偿还贷款之类的事情。忙完之后突然发现，第二天就是果波到中井妇产科医院住院的日子了。

只要熬过明天……修平已经很久没有如此积极的情绪了。从外面回来的修平万万没想到，他刚走进家门，心就悬了起来。

屋里有人。

修平感觉到比平常更加强烈的人的气息。

他担心地跑到卧室查看果波的情况，然而卧室里并没有果波的身影。

就在他脸色苍白地准备冲出房间时，果波回来了。她眼里噙满了泪水，不知为何，双手还提着百货商场的纸袋。

"怎么啦？"修平说着紧紧抱住果波，等她慢慢平复情绪。

"我什么也不记得了……"过了一会儿，果波抽抽搭搭地说，"我意识到的时候，发现自己已经站在公寓楼前，手里提着购物袋了。"

修平打开果波手中的购物袋，里面全是孕妇装和婴儿服之类的衣物，就连粉色的婴儿斗篷也没落下。他看了一眼斗篷的价格——九千八百日元。看着眼前堆成一堆小山的衣物，修平不禁悲从中来。

"我去退了。"果波说，"这些东西，反正也用不上。"

意识到自己差点对妻子破口大骂，修平充满了自责。他说："我来吧，你先好好休息。"

"继续这么下去，我不知道还会做出什么事情，得尽快把孩子打掉才行。"果波的声音中带着某种让修平为之一震的凄凉。

"很快就会结束的。"他也不知道这究竟算不算是安慰，"今晚你什么也不用担心，好好睡一觉，好吗？"

果波点点头，随后把头埋在修平胸前哭了好一会儿。

晚饭过后，修平陪着果波入睡，直到听见她发出鼻息。其间，他满脑子里想的全是家里的经济情况。要是百货商场不接受退货，他们要遭受二十多万日元的经济损失。

过了好一会儿，果波终于发出了规律的呼吸声，修平准备离开卧室。就在这时，一个人影从门外掠过。黑影掠过时，遮住了从走廊投射到地毯上的光线。看到这一情形，修平没有恐惧，更多的是戒备。修平极为真实地感受到了人的气息，他觉得是家里进贼了。他冲出走廊，却没有任何发现。眼前只有空荡荡的、寂寥的客厅。

那究竟是什么？就在修平努力搜寻记忆的时候，视线边缘又有什么东西活动了。他以为是人影，迅速转头，却只看到间接照明下白晃晃的墙壁。可是，他明明能清晰地感受到房间里有陌生人的气息。

修平把脸转向气息最浓烈的地方 ——厨房。闪着银光的洗涤池，带着玻璃门的餐具柜，摆放整齐的调料瓶，厨房安安静静，空无一人。

一定是太累了，他提醒自己。全都是错觉。如果不这么想，马上就会陷入恐慌之中。要是房间里真住着什么看不见的人，自己根本无处可逃。

修平强迫自己像以往一样生活，可总觉得身后有人盯着自己。两只充满怨气的眼睛飘在斜上方天花板的墙角附近，静静地盯着他。但是修平并不打算躲闪，一旦他无法忍受选择躲闪，自己的精神立马就会失去支撑，土崩瓦解。现在他只能冷静应对。

他看向冰箱，想喝一罐啤酒，但是总感觉会有女人的手突然从桌子底下伸出来，只好作罢。看来先泡澡放松一下，然后尽早上床睡觉才是上策。他控制着不让自己走得太快，慢慢穿过走廊，走进浴室，打开电灯。他低着头没有直视镜子，生怕从镜子中看到自己身后有人。他脱下衣服，把热水浇在身上，终于感觉紧张有所缓解。热气腾腾的狭小浴室里，终于没有了人的气息。或许真的是太累了吧，突然觉得总是猫着腰准备随时逃跑的自己有些可笑。

修平在洗澡椅上坐下，挤上洗发水开始洗头，他闭上眼睛揉搓头发。揉了一会儿，突然意识到头上多了一只手——一共有十五根手指在自己的头皮上来回揉搓。他弯着腰，一股明显的气息直逼后脑勺。

背后有人。

体温骤降。那个附在果波身上的东西终于现身了。

修平控制住想要站起来的冲动，停止揉搓。另一只手也跟着停了下来，但是头上仍留有五根手指抓挠头皮的感触。修平擦去眼皮上的泡沫，调整好呼吸，迅速回头。

身后站着果波。看见妻子的那一瞬间，修平差点发出尖叫。她是什么时候进来的？修平完全没有注意到。果波的眼睛眯成一条缝，露出恶作剧般的笑容继续揉搓修平的头皮。哈哈哈哈，浴室里回荡着笑声。

修平什么也说不出口。果波已经明显失去了意识，在这里和附体人格发生冲突不知道会有什么样的后果。

果波并没有停下来，继续揉搓修平的头皮。过了一会儿，她脸上的笑容消失了，似乎是突然没了兴趣。果波转身，没有穿鞋，湿着脚离开浴室。

修平赶紧冲干净头上的洗发水，擦干身体走向卧室。

躺在床上的果波发出均匀的鼻息，她睡脸酣然，仿佛什么也没有发生过。但是修平无论如何都不想再和果波睡在同一张床上了。他第一次对果波本人感到恐惧。

修平走进客厅，关掉所有电灯躺在沙发上，就这样一眼未合，直到天亮。

住院的日子到了。

自从接手夏树果波这个病人后，矶贝早上起床比以前轻松多了。今天是人流术前准备的日子，他早上七点就起来了，等着妹妹做早饭。

他现在终于明白自己当初为什么选择了同意给夏树果波进行治疗。受到不孕的困扰、最后跳楼自杀的麻衣子，和人流的纠葛引发分离性障碍的果波，她们的共同之处在于都有想要成为母亲的强烈愿望。矶贝觉得果波的治疗关系到自己的将来。如果不能将她治愈，自己将失去作为精神科医生的最起码的自信。

刚吃完早饭矶贝就接到了修平的电话。修平向他描述了昨天晚上果波在睡眠中的异常举动。听完修平的描述，矶贝觉得那应该是梦游的一种，快速眼动睡眠障碍。人处于快速眼动睡眠期时容易做梦，一般情况下这一时期人体的全身肌肉处于放松状态，但是有极少部分人的肌肉会持续保持紧张，然后将梦境中的内容转移到实际行动上。

从修平的声音中能够听出来，他似乎仍然惊魂未定。这也可以理解，精神医学领域中发生的诸多现象，在没有见过的人看来其实和非自然现象差不多。

快速眼动睡眠障碍的发病原因不明，也没有治疗方法。不过矶贝并没有把这些告诉修平，只是叫他不要担心。只要注意不让病人在失去意识的状态下发生意外，梦游并不是什么可怕的症状。不过，这种症状出现在附体障碍患者的身上，倒是引起了作为精神科医生的矶贝的注意。

挂掉电话后，矶贝开车前往文京医大。他要去的是位于七楼的HCU。

他拖着沉重的步伐来到病房前，隔着走廊的透明玻璃望着自己曾经的患者。

户田麻衣子仰卧在床上，依旧是植物人的状态。他没有向负责医生了解详情，他还没有做好心理准备，仍需要一些时间。现在的他只能祈祷户田麻衣子一定要活下去。

矶贝正打算沿着走廊往回走，却撞见从电梯上出来的广川晶子，他以前的结婚对象。

"怎么样了，现在？"广川问，"能回来了吗？"

"不行，还差得远。"

"也算是有好转了吧，都能到这里来看望户田小姐了。"

矶贝自己也觉得意外，不过确实如她所说。广川露出推测他人心理时特有的、女性专属的眼神，仿佛可以把自己的一切看穿。矶贝对此无可奈何，只能听之任之。"你呢？也是来看她的？"

"嗯。"广川看向HCU，"矶贝老师你已经尽力了，不必太自责。"

矶贝忽然想问问广川有没有想过要孩子。女性独有的敏锐目光会不会是为了理解婴儿的诉求而存在的？

广川环视四周，这是她准备聊私事时的习惯："听说你在给夏树果波看病，真的吗？"

"嗯，有点麻烦。"

"我觉得是她老公不行，有点轻浮。"

"是吗？"矶贝袒护道，"他好像也挺不容易。"

"是吗？"

广川给果波鸣不平的行为引起了矶贝的兴趣："广川医生希望果波小姐把孩子生下来吗？"

"她本人想生。"

"你怎么知道？"

"这还用想？"妇产科医生说，她把视线从矶贝身上移开，问，"最近要不要一起吃个饭？我可以听你聊聊。"

"哦。"矶贝点点头，但是他觉得这不是一顿饭能解决的事情，"我联系你吧。"

"我等你。"

广川晶子走进户田麻衣子所在的HCU。她一句也没有提到过麻衣子的情况，看来不是很乐观。

离开医院后，矶贝下午早早便到了中井妇产科医院，准备参加果波第二次的人流手术。在他实习期间还是一名妇产科医生的时候，大概有五年时间，他一直是这家关联医院的外聘医生。看着眼前的这栋三层建筑，不禁有些怀念。

"好久不见啊。"正在午间休息的中井院长前来迎接，"听说你正在停职，没事吧？"

"嗯，还好。"矶贝微笑着说。

"你们精神科应该特别忙吧？有几个正式医生？"

"五个。"矶贝突然对自己长期休假感到抱歉。

"几张病床？"

"六十张。"

"你这是忙坏了呀。"中井眯起镜片后的眼睛，"趁这个机会好好休息一下。"

三点，下午的诊疗开始时夏树夫妇到了医院。矶贝到玄关迎接二人，顺便观察果波的情况。她脸上依旧毫无生气，但是沟通上逻辑清晰、口齿清楚。矶贝陪他们一起走进医院，想尽量缓解果波的不安，直到护士送来手术衣他才离开病房。

矶贝换上白大褂，和中井院长一起进入分娩室做昆布条插入前的准备。分娩台、分娩用吸引器、婴儿保暖箱，室内的装备和以前一模一样。矶贝和中井院长商量后，分别准备了注射器和抗焦虑注射剂。所有准备做好，站在分娩室一角等待果波的时候，八年前的记忆突然苏醒。

那件让矶贝从妇产科转行到精神科的事件，就是在这间分娩室发生的。

当时中井院长去参加学会，矶贝补院长的位，一连好几天都待在医院。矶贝被安排给一名患者做人流。当时他刚取得《优生保护法》指定医生的资格，本来应该由中井院长亲自负责，但是情况比较紧急，所以交给了他。

见到进入诊室的孕妇后，矶贝一下子就明白了为什么如此着急。对方是一名十七岁的女高中生，已经显怀了。后来听传言说，这位少女是女子学校的学生，和另一所学校的男生交往后怀孕。发现怀孕后就离家出走了，在怀孕即将满二十一周时才被带回来，险些错过允许接受人流的时间。女孩的父亲是区议会的议员，也是中井院长的老朋友。

做完超声波检查后，矶贝怀疑女孩的孕期已经过了二十二周。翻看中井院长写的病历后得知，院长是根据对孕妇的问诊推定怀孕周数的。怀孕十周以后，不同胎儿的成长速度并不完全一样，只要对方谎报最后一次月经的日期，完全可以混淆怀孕周数。但是矶贝没有切实的证据，他还是给女孩插入了昆布条、撑开宫颈，过了一晚后给患者注射了子宫收缩剂。

从开始过了九小时，少女在分娩台上扭动着身体忍耐着从未体验过的阵痛。不久后，她生下一名身长约三十厘米的男婴。生下来的时候孩子还活着，心脏在跳动，脐带还连着母亲。他小小的手和脚颤抖着，一遍遍地重复着反射运动试图吸入空气。

为什么这么早就把我取出来了？

一旁的矶贝悲痛不已，耳边似乎听到了婴儿的抗议。那孩子的肺尚未成熟，无论如何努力也无法呼吸。

法律上认为怀孕二十一周内的胎儿并不是人，所以人流不算杀人。矶贝觉得法律上的那种划分根本毫无意义。难道这个孩子不想活下来吗？难道他不想躺在母亲的怀里茁壮成长吗？

剪断脐带后，孩子的心脏很快就停止了跳动。没有人为那个孩子擦眼泪，没有人接受他的生命。

"医生？"矶贝闻声抬起头，分娩台上的女高中生正盯着天花板哭泣。她问："宝宝呢？"

"顺利结束了哦。"除此之外，矶贝什么也说不出口。

矶贝把孩子的遗骸带到另一个房间，测量了他的身高和体重后用纱布裹好放入一个小盒，随后听取助产士的意见取了花瓶中的花点缀在孩子周围。五彩的花朵簇拥着孩子满是皱纹的小脸。合上盖子的时候，矶贝想：这个世界真的有上帝吗？真的会有小天使来迎接这个只挣扎了几分钟的孩子吗？

少女的父亲术前已经交了火葬费，不久后，殡仪馆的工作人员就过来取走了婴儿的尸骸。母亲始终没有见到她的孩子。

出院一周左右，女孩住进了文京医大的精神科。据说是受到了哭声的困扰——死去的孩子的哭声。去病房探望她时，矶贝渐渐觉得比起妇产科，精神科医生的工作似乎更有价值。两个月后，他正式转入了精神科。

回想起往事，矶贝看了一眼中井院长看似耿直的侧脸。

那次人流，真的是合法的吗？

事到如今，一切都已模糊不清，包括那次人流的真相，还有自己改行的理由。当时以为是自己不适合所以做了改行的决定，但现在看来，难道不是因为罪恶感吗？把无法呼吸的胎儿从母亲体内硬生生拽出来的罪恶感。

那位十七岁就经历了与孩子死别的少女出院后怎么样了呢？八年过去，现在应该已经二十五岁了……

脑海中的女性突然出现在眼前，矶贝震惊地抬起头——是果波。由于年龄相似，恍惚中竟看错了。果波已经换上了手术服，她在护士的带领下走进分娩室。

矶贝似乎感受到某种命中注定的东西，他从没想过有一天还会做人流。但现在站在这里是为了控制果波的附体人格，确保人流顺利进行。

"矶贝医生。"中井院长催促道，"快给夏树小姐做准备吧。"

听到中井的指示，矶贝竟莫名觉得不快，但他很快就想起自己的工作，于是问果波："感觉怎么样？"

他已经表现出了尽可能的温柔，也许是因为第一次见到穿着白大褂的矶贝，果波的眼中似乎有些恐惧。她说："不是很好。"

"是心情上感觉不好，还是有想呕吐之类的症状？"

"不知道。"

"总之先上来吧。"中井院长说。

果波微微点头，缓缓走向分娩台。就在这时，另一名护士匆匆进来。她拿着手中的《母子健康手册》对果波说："对不起，有件事需要跟您确认一下。"

"什么呀？"果波停下脚步。

"您提交的《母子健康手册》，上面的名字好像不对。"

果波惊讶地看着手册，陷入沉默。

怎么偏偏在这个时候……矶贝突然有点不耐烦，又心生好奇，于是从护士手中接过手册。封面上的母亲姓名一栏写着"中村久美"。一个陌生的名字……矶贝本以为是拿错了，但是仔细一看——地址写的是驹达的公寓，房间号的旁边还注明了"夏树家"。

和夏树夫妻同住一屋的名叫"中村久美"的女性……

"果波小姐？"矶贝抬起头，一张面目骇人的脸突然出现在眼前，沉稳老练的矶贝也不禁后退了一步。果波的两个眼角高高吊起，脸部扭曲，充满了敌意和愤怒。她迅速伸手从矶贝手中一把抢走手册。护士被果波撞倒，发出一声短暂的尖叫后和血压计一齐倒在地上。

"夏树小姐！"中井院长从后面一把抓住拼命往外跑的果波。矶贝没想到人格变换的过程会这么快。

"快来帮忙！"眼看果波要挣脱控制，中井院长大叫。

矶贝放弃准备注射器的念头，赶紧过去控制场面。加上两名护士，四人一同上阵也未能完全压制住拼命挣扎的果波。

"再叫一个人来！"

听见中井的喊声，一位护士赶紧跑了出去。护士打开门，矶贝发现修平就站在门口，他应该是听见妻子的尖叫后赶过来的。

"夏树先生！"矶贝喊道，"快过来帮忙！"

夏树来不及回答，赶紧跑过来紧紧抱住妻子到处乱蹬的双腿。

附体人格奋力挣扎，试图从修平手中挣脱，嘴里还不依不饶地发泄着怨念："你就这么想杀死自己的孩子吗！"

修平愣住，果波的右脚一脚踢在他脸上。

"不要听她说话！抱紧！"矶贝对修平叮嘱道。他松开手退到一旁拿起注射器和药剂 —— 地西泮十毫克。地西泮是一种极为普通的镇静剂，在是否对胎儿有致畸性这一点上专家间仍有争议，不过并非禁止使用。考虑到只用一次应该没有什么问题，矶贝就事先准备好了。

矶贝将药液吸入注射器，拿上消毒棉，跑到果波面前："手臂！按住手臂！"

中井和修平闻声赶紧抬起果波的右臂，矶贝迅速消毒，随后尽量缓慢地通过静脉注射将药物注入果波体内。

注射完成后果波的挣扎仍在持续。矶贝考虑是不是还要再来一剂，好在一楼的护士赶到时，果波终于开始安静下来。包括矶贝在内的在场所有人均目击了她的脸从宛若他人的样子到恢复原样的过程。果波紧绷的表情慢慢舒缓，箭头般犀利的眼神逐渐失去焦点，额头两侧暴起的青筋缓缓退去，向上吊起的眼睛和嘴角也由凶悍迅速变得柔和。

中井院长紧盯着果波，难掩震惊。

"发生什么事了？"似乎是注意到了大家的视线，果波迷迷糊糊地问。

"你知道自己叫什么名字吗？"中井问。

"夏树果波。"

"现在这个地方是哪里呢？"

"妇产科医院。"

从二人的对话来看，镇静剂似乎发挥了超出预料的效果，矶贝反而摸不着头脑了。要是能持续接受药物治疗或许能轻松驱除附体人格。

"我没事的。"果波对中井院长说，"请您赶紧开始手术吧。"

中井沉默着，为难地看向修平。修平跪在地板上，茫然若失地点点头。被妻子踢中，他的脸上已经出现了瘀青。

"能请二位先回房间吗？"中井说，随即吩咐护士将二人带回病房。

见夫妻二人离开后，中井开口说："怎么办？昆布插入马上就能做，做吗？"

矶贝压抑住内心的愤怒，也许是他的眼前再次闪过了八年前的那场人流。

"您犹豫的原因是什么？"

"本人的意愿。虽然签了同意书，但是从这两次反抗的激烈程度来看，不得不怀疑本人到底有没有这个意愿。你怎么看？"

矶贝不知该如何回答。如果说果波的附体障碍是心里纠葛引起的话，可以说做与不做都是她本人的意愿。

中井扶起倒在地上的血压计，说："地西泮似乎起作用了。如果药效能撑到明天，剩下的就只有打一针麻醉，然后取出子宫里的东西就好了。"

"等一下。"矶贝下意识地说，"我和她老公谈一谈。"

"嗯，那样最好。"中井院长说。

进退两难的修平意识到，一直在心头阴魂不散的不安在这一刻成为现实。

让果波接受人流是不可能的。

他坐在病床边的椅子上，再次考虑卖掉公寓，但是思绪已经停止，只有如一团乌云般的不安盘踞在他的脑中。

敲门声响起，刚才带他们过来的护士打开门，矶贝从门缝中看着他，说："夏树先生，出来一下可以吗？"

修平点点头，站了起来。也许是药效还没退，果波用出奇温和的眼神看着他。

出到走廊，矶贝指着他脸上的瘀青说："没事吧？"

"嗯。"修平摸了摸被妻子踢伤的地方，传来一阵刺痛。

"关于果波小姐的事情，想和你再商量一下。"

"可以出去说吗？"修平说，他再也受不了妇产科医院这怪异的味道了，"我想呼吸一下外面的空气。"

"好。"

修平和矶贝一起下到一楼，脱掉拖鞋，穿上鞋子走出医院。

太阳已经快落山了。两人走在路灯刚被点亮的住宅区的街道上，矶贝开始向修平传达中井院长的考虑："问题的关键在于果波小姐到底是什么意愿……"

修平沉默地听着，矶贝的话却完全进不到脑子里。他环顾四周，想找个地方坐下。走了一会儿后，眼前出现一个挤在住宅楼之间的小小的儿童公园。走进公园在长椅上坐下后，修平长长地叹了一口气。

"所以我们想听听你的意见。"矶贝说，"要继续手术吗？"

"都交给您吧。"修平说。他知道，自己已经自暴自弃了。

"不行，这个要你们二人决定。"

修平晃了晃脑袋，试图获取一些思考难题的力气，可是并不奏效。

好一会儿，矶贝一直盯着沉默的修平，最后从口袋中掏出小小的手册，封面上写着《母子健康手册》。"你看看这个，上面写的是不是你家的地址？"

"嗯。"

矶贝合上手册把封面拿给修平看，母亲姓名一栏中写着"中村久美"的名字。修平惊讶地看着矶贝。

"这是果波小姐带过来的。是她自己，或者应该说是附体人格让她记录的。"

"这个可以写假的名字吗？"

"嗯，毕竟只要拿去政府自主申报就行。"矶贝等待修平做出反应，随后继续说，"这个可能是附体人格的名字，我们终于找到线索了。"

修平淡漠地点点头："只要找到这个人，果波的病或许就能治好，对吧？"

"对，果波小姐在模仿这个人。你对'中村久美'这个名字有印象吗？应该是果波小姐以前的朋友。"

"我怎么知道啊？"修平不耐烦地说，很快又后悔不迭。他看了一眼矶贝，他在静静地等待着修平的回答，并没有不快的样子。修平发出被绝望压垮的声音："对不起，但我真的不知道。我虽然是果波的丈夫，但是我们交往到现在也只有两年。我对果波此前二十三年的人生几乎一无所知。她有什么样的朋友、在学校成绩怎么样、因为什么样的事情笑、又因为什么哭，我什么也不知道。"

矶贝用鼓励的口吻说："继续相处下去就一定会知道的。"

修平却摇摇头："矶贝先生，我说实话，你知道我刚刚在医院按住果波的时候想的是什么吗？是离婚！我已经不想再和这样的女人过下去了。"

"你应该只是一时冲动。"矶贝用平静的语气说，"第一次见到那种发病情况的人毫无例外都会被吓到，尤其是发生在自己亲人身上的时候。"

"我不是第一次见到，我已经看了无数次了，受够了！"大声吼出来后心情仍然没有任何好转，修平更加郁闷了，"我知道现在丢下果波自己逃跑有多卑劣，但我真的受不了了。我和果波根本就不适合。"

"你是认真的吗？"

"嗯。"

修平转过脸去，望着夜色下空无一人的公园。附近的居民区隐约传来准备晚餐的声音，修平眼前突然浮现出一家人围坐在桌子前共进晚餐的景象。

矶贝问："两年前第一次见到果波时，她是什么样子的？"

"完全没有会患上这种病的样子。"

"不是不是，我是说她作为一名女性的样子。"

修平不知道矾贝为什么这么问，他转过头疑惑地看着矾贝。

"当时果波应该是一位二十三岁的女孩吧？"

"是的。"修平想起果波留着刘海儿的样子，"当时我们都还是孩子，完全不懂生活的苦。"

"当一个孩子多好，与其毫无准备地变成大人，不如做一个无忧无虑的孩子。"

修平露出惨淡的笑容，他想起结婚前和果波在一起的日子，想起都民会馆的大厅，他们总是约在那里见面，果波每次都会提前到，坐在长椅上等他。

"刚开始交往的时候，是不是把她看得比什么都重？"

"嗯。"

"是不是觉得，可以为了这个人付出一切？"

修平准备随意附和，却又突然停住，有什么东西从心底汩汩涌出。

"还有……"矾贝的声音略显严肃，"你是不是想过要好好保护她？工作上可能会遇到的烦心事也好、意外也好、疾病也好，不管她遇到什么样的困难都要好好保护她。你当时有没有这么想过？"

"想过。"

"现在正是见证的时候啊夏树先生！"

修平抬起头，看着矾贝。

眼前这张粗犷的脸轻轻地点点头。

修平低下头，眼泪流了出来。

人流手术的术前处理终究还是作罢了，修平夫妇在夜里回到了位于驹达的公寓。矶贝和他们同行，他慎重地观察着果波接受完镇静剂注射后的反应。果波对于什么也没做就这么回家感到不解，不过她并没有表现出抗拒的样子。回家后在修平的催促下乖乖进了卧室。

听见果波睡着后安稳的鼻息，修平离开房间，走进客厅处理矶贝派给他的任务。矶贝坐在厨房的凳子上默默地看着修平。在矶贝的注视下，修平拿起电话打给果波的父母。接电话的是她的妈妈。

"您好，我是修平。"他努力打起精神说。他说果波现在不在家，有事需要紧急联系她以前的朋友"中村久美"，问对方知不知道这个人。

"中村久美？"岳母重复道，她沉默了一会儿，似乎在唤醒遥远的记忆，"啊，久美啊，我们在仙台的时候，果波有一个朋友叫久美。"

"是果波小学的时候吗？"

"嗯。"

果波在东京见到的老朋友就是这个人吗？"她们小学毕业后还有联系吗？"

"应该没有了。果波上中学的时候我们就搬家了，自那以后应该就没有联系过了。"

"所以现在没有中村久美的联系方式了是吗？"

"嗯。"

"果波还有没有认识别的叫中村久美的人……"

"没有了。"

"好的，谢谢您。大晚上打扰您了。"

修平挂断电话，把岳母的话转述给矶贝。

矶贝说："如果果波见的那位老朋友就是中村久美，也就是说对方现在在东京对吧？"

"是的，可能在这边工作。"

"她们再次相遇的时候果波会不会留下了她的联系方式？"

修平看向衣柜，果波的几个包包都放在里面。"请你给我做个证。"

"做什么证？"

修平把身子探进衣柜，拿出果波日常使用的红色皮制万用手账。"我只看需要看的地方。"

矶贝笑了笑："有心了。"

修平翻看了手账中的电话本和日程表，并没有找到关于中村久美的内容。他还顺便看了名片夹，同样一无所获。他走进用作杂物间的那个房间，在箱子里一通翻找，也没有找到果波的小学同学会名单。

矶贝不知道该怎么办了。修平安慰他说："放心吧，我平时的工作就是调查各种事情，一定可以找出来的。"

"那真是太好了。"

"如果联系上的话，是不是需要请她和果波见一面？"

"是的，见上一面，果波的附体人格应该就会消失。"

"这样的话……"话说到一半，修平停下来略作思忖，随后继续说，"果波恢复后，我会和她再商量一次，经济上的问题也会重新考虑。毕竟距离二十一周还有一些时间。"

"嗯，刚好还有十个星期。"

修平静静地看着放在桌子上的"中村久美"的《母子健康手册》。中村久美，多么普通的名字，简直是所有女性名字的代表……

只要找到这个人，果波就一定会好起来的。

修平情绪高涨。确定附体人格的真面目后他反而有了勇气，那是实实在在的人，不是什么妖魔鬼怪。只要找到中村久美的消息，这个房间里飘荡着的诡异的气息就会消失。

自己也终于能为果波做点什么了，修平心想。

第三章

悲 剧

1

第二天，修平确认妻子情况稳定后便独自前往位于新桥的名簿专业图书馆。那里不仅有学校和企业，还有各社会团体和特定行业的顾客名单等。东京都内有好几家类似的特殊图书馆，除了直邮广告行业的从业者，记者在寻找调查对象的消息时也经常来这里。之所以没有引发媒体对于个人信息保护方面的讨论，是因为媒体自己也经常使用。

走进图书馆，修平立即着手寻找"清川小学"的毕业生名单。果波在很久之前和他提起过这个学校的名字。他在书架上寻找着，终于找到了一本八年前印制的册子。以果波现在的年龄往前推算……他翻开"平成元年毕业 第五十二期生"那一页，"中村久美"的名字很快就出现在了眼前。在一班的名单中，还发现了"白石果波"的名字。以防万一，他还看了看其他组有没有同名同姓的人，结果发现只有这一个人叫中村久美。一定是这个人，她的地址是：仙台市青叶区清川町3-35。

修平把一班全员的名单复印了一份，随后离开了图书馆。他找了一间咖啡店坐下，用手机拨通了中村久美的电话。没想到接电话的是一位姓"井上"的年轻女性。修平核对了一遍电话号码，确认自己没有打错，然后问对方什么时候开始用这个号码的，对方说是三年前。中村久美一家应该在三年前搬家了。

修平继续给名单上的其他学生挨个打电话。班上一半以上的女生都联系上了。为了避免撒谎，他声称自己是给杂志投稿的自由记者，然后向她们打听中村久美的消息，得到的答案毫无例外都是"我不知道"。是出于戒备还是真的不知道，修平无从判断。

这样的话就只能去当地走一趟了。中村久美现在很可能在东京，去仙台找线索效率并不高，但是除此之外别无他法。这样一来，肯定要长时间不在家。修平先给矶贝打电话商量：

"目前打算在那里住一晚，也有可能会更久。把果波一个人留在家里会不会有什么问题？"修平问，他本想让矶贝在他家住几天，但是又觉得这样也不好。

"别担心。"矶贝笑着说，"我这儿有一位无所事事的护士，让她去你家吧。"

"无所事事的护士？"

他很快就知道了那是谁。修平买好新干线车票后回家拿换洗的衣物时，矶贝和他妹妹已经到了楼下。

"这是我妹妹，无所事事的护士。"

美穗看上去年纪在三十岁上下，修平礼貌地和她打招呼。当初他去找正在停职的矶贝时，正是她告诉自己矶贝在击球练习场的。再次见到亲和可爱的美穗时，修平庆幸她长得一点也不像她哥哥。

"放心把果波小姐交给我吧。"

修平放下心来，顿时又觉得惶恐："真是抱歉，什么都要麻烦你们。"

“反正我无所事事嘛。”美穗和哥哥一样，脸上露出令人安心的笑容。

三人乘电梯上到十六楼，修平把美穗介绍给果波。果波完全没有表现出认生的样子，修平也算是松了一口气。问题是附体人格出现的时候，美穗该如何应对呢？

修平把房间的备用钥匙交给果波，迅速收拾好出门的行李，向矶贝兄妹道谢后走出了家门。他并没有告诉果波自己要去哪里。

修平在东京站坐上下午一点零八分发车的东北新干线。他是在发车前一刻冲进车厢的，找到座位坐下后打开在车站买来的仙台市地图。在车上的近两个小时里，他拟好了调查计划，找到了自己下车后首先要去的地方。

快到下午三点时，新干线在仙台站停了下来。修平换上电车继续往内陆走。距离市中心电车十分钟车程的地方，就是中村久美和果波长大的土地——仙台市青叶区西侧边缘。

目的地“清川站”在广濑川流域内，附近是一片坐落在山间的细长的娴静居民区。修平深吸一口气，让郊外清新的空气填满整个肺腔，然后走出车站。这是他每次离开东京后的习惯动作。

从地图上看，小学毕业生名单中记载的中村久美家的地址在车站以北两公里左右的地方。等公交太浪费时间了，修平拦了一辆出租车。司机简单看了一眼修平递上来的地图，很快就发车了。

出租车驶过架在广濑川上的桥，沿着弯弯曲曲的小路一路往前开。大概开了五分钟，司机开口：“下一个弯就到了。”

修平直起身子望着车外的景象，发现附近并没有房屋。房子似乎已经被拆除，只有杂草在空荡荡的地上肆无忌惮地生长着。

"怎么样？下吗？"

"嗯。"修平下车。在某种程度上他已经预料到了会是这样的结果。

中村久美的老家建在一块临街的二十平方米左右的土地上。修平猜测她家应该是一个中产家庭。

他看了一眼手表，快四点了。这天是梅雨季中好不容易放晴的日子，太阳还没有要落山的意思。修平沿着路继续往前走，来到一户人家门前，按响大门右侧的门铃。

"来啦。"过了一会儿，一位四十多岁的主妇探出头来。

"不好意思，请问隔壁的中村先生家已经搬走了吗？"

主妇皱起眉头，一脸狐疑地回答："中村先生家三年前就搬走了。"

"请问您知道他们搬去哪儿了吗？"

"不知道。"

"这样啊……"

修平道谢后离开，他又到对面的一户人家按响门铃。结果还是一样的回答。

修平往车站走去，准备接下来去政府。当他打开地图发现派出所的位置后立马就改变了主意。这里距离派出所只有一公里左右，走路十五分钟就到了。

时间允许的话，他想尽量多看看果波小时候生活过的地方。来到妻子童年生活过的地方，他感到莫名的温暖。那应该就是自己心里还爱着果波的证据吧。不管怎么样，一定要找到中村久美。

修平沿着山麓一路绕过来，耳边是清澈的鸟叫与蝉鸣。过了一会儿，眼前出现一处有十来栋房屋的居民区，派出所就在这儿。修平发现里面坐着一位穿着制服的警官，走上前去。

"你好。"

"嗯？"五十多岁的警官抬起头。

"这条路往前再走一会儿，中村先生一家之前好像住在那儿。"

"嗯，没错。"警官说。

为了不让警官起疑，修平撒了个小谎："我是来附近工作的，妻子托我顺道来拜访一个人。名字叫中村久美，是她的发小。"

"久美？"警官反问。

"是的，他们家原来在的地方好像已经成了一片空地，您知道他们搬去哪儿了吗？"

"我说呀，你是找不到久美的。"

"为什么？"

"中村久美三年前死了。"

"死了？"修平鹦鹉学舌般反问，耳边的蝉鸣霎时安静了下来。修平顿时失语，后背紧接着窜过一股凉意。"三年前？"

"嗯，二十二岁左右吧，可怜的孩子。"

修平难以置信。如果是这样的话，果波再见的那个老朋友究竟是谁？总不可能在东京见到已经死了的中村久美吧？

修平努力控制住颤抖的声音，问："久美小姐，是怎么……"

警官突然充满戒备地看着修平："你说你老婆是久美的发小，真的吗？"

"嗯，她们都是清川小学的。"

警官似乎放下心来，他说："久美是病死的。"

"方便的话，可以告诉我是什么病吗？"

"尸检的医生说是肚子里的胎盘剥离什么的。"

"胎盘？也就是说她死的时候怀孕了？"

"嗯，是的。"

接连发生的奇妙巧合，让修平的震惊逐渐化为战栗。果波说自己被一位孕妇附体了……修平下意识地想掏出记事本记录下来，还好及时控制住了，千万不能让警官起疑。"她是在医院去世的吗？"

"不是，是在那座山后面的神社。"

修平突然想起催眠状态下的果波说自己看见了神社。眼前的警官肯定想不到他的话在修平听来是一个多么可怕的怪谈。

"为什么在神社呢？"

"应该是去参拜的时候发病了吧。我接到报警说发现了遗体就立马赶到现场，发现她躺在神社的小库房里，已经没有了呼吸。那是11月的一个寒冷的傍晚，她的遗容非常清朗。"

"孩子是不是也没保住？"

"嗯，真是可怜。"警官一脸痛惜。

得再获取一些详情，修平心想。他很快便想到了中村久美的家人。"久美小姐的丈夫现在在哪里呢？呃，我是说，让她怀孕的那位。"

警官皱起眉头，说："久美没有结婚，到最后也不知道孩子的父亲是谁。据她爸妈所说，事情大概是这样：久美在福岛上大学时和某个男人在一起，有了身孕。男人让她打掉，还和久美分了手。但是久美并不想打掉，所以回老家待产。"

"她爸妈同意她把孩子生下来吗？"

"没有。"警官难过地摇摇头，"你也知道，人言可畏。父母似乎也给了久美不小的压力，让她把孩子打掉。所以久美去世后，她的爸妈简直痛不欲生。爸妈给的压力似乎也是导致她发病的原因之一。"

如果能得到家人温柔宽容的对待，或许久美就不会死了。

"久美走后，中村先生一家很快就搬走了，我也不知道他们去了哪里。"

"嗯。"修平点点头，"最后再麻烦您一下，久美去世时的那个神社，可以告诉我在哪里吗？"

警官看着修平手上的地图，指着山上一个鸟居的标记，说："这儿。"

"好的，谢谢您。"

修平转身离开时，警官并没有和他道别，只是说："中村夫人要是知道了，一定会很难过的。"

中村久美已经死了。

修平难以置信地沿着来时的路往回走。久美的遗体被发现的那个神社，在她家的另一个方向，和现在修平所在的位置恰好相反。

果波见到的老朋友会不会是别人？不过果波确实是从那天开始出现异变的。他们就人流一事进行交流之后，果波独自出门的那个夜晚。

那个晚上果波究竟去了哪儿？又见了谁呢？修平想起自己亲眼所见的噩梦——从玄关进来的女人的黑影、现在仍在屋内飘荡着的某个人的气息。从背后盯着自己的，难道是中村久美的分身？如果是这样的话，果波根本就不是什么精神障碍……而是人格附体。

修平学着矶贝的样子尽量让自己冷静下来。他抬起头，将视线从脚下转移到周围的山色中。如果真像矶贝所说，一切都是果波无意识间创造出来的幻想，那么该怎么理解眼前发生的事情呢？

岳母说果波小学毕业后就和中村久美断了联系。果真如此的话，十年后久美去世、她去世的时候怀有身孕、她的遗体出现在神社，这些事情果波应该都无从得知才对。

果波是不是完全没有机会得知这些事实？

久美是三年前死的，比修平认识果波的时间还早一年。果波离开家是在七年前，也就是说中间的四年时间里果波在母亲和修平都不知道的情况下和久美有过联系。

但是这种解释始终难以令人信服。从福岛的大学回到仙台的久美和在东京生活的果波，她们之间根本没有交点。

一辆小汽车响着喇叭从修平身旁经过。修平回过神来，从裤兜里掏出地图确认自己的位置。警官说的中村久美死亡的地方就在前面。

　　转过一个不急的弯，眼前出现了一条通往树林里的尚未铺砌的小路。平缓的坡道尽头，前方大概五十米的地方出现了鸟居和石阶。距离日落应该还有些时间，但是此处位于山体东侧，只有零星的光线从树叶间漏进来。

　　望着眼前昏暗的小路，修平略作犹豫。可不能就这样被吓住了，他暗自鼓励自己，查看现场可是调查事物的铁则。修平抬起脚步，步入光线晦暗的参道。

　　没走几步修平就感觉到周围的空气发生了变化。静谧的气氛笼罩着周围。他穿过鸟居，沿着狭窄的石阶向上攀登时，顿时觉得眼前的景象似乎在哪里见过。

　　他搜寻记忆，很快就意识到那并非自己的经历，是源自接受催眠疗法时果波所说的话。十一岁的果波站在石阶上，眼前是绑在大树上的界绳。当时听到果波的描述，这个神社的光景便自然而然地在脑海中浮现。难道是果波的念想流入了自己的意识里？希望这是恩爱夫妻间的心有灵犀才好……

　　石阶的尽头是神社的本殿。那是一个宽只有三根立柱的小型神社。修平将零钱投入功德箱摇响许愿钟，双手击掌。他祈祷妻子早日康复，但是抬头看见头上的牌匾后顿时愣住了——"子安神社"。这里供奉的是安产之神。

　　他知道中村久美为什么要来这里了。死去之前，她一定在这里无比虔诚地祈祷过，祈祷自己的孩子能顺利生产。

在修平心中，中村久美一直是恐怖的化身，但是此刻修平对她的认识却有了微妙的变化。就算和孩子的父亲分开，就算遭遇周围的冷眼，仍然一心一意地祈祷孩子顺利生产的二十二岁女性。选择人流的话，明明可以免受这些苦难，为什么——

感觉到自己对中村久美的怜悯越来越深，修平开始感到困惑。难道男人总是希望在圣女身上看到欺骗，在恶女身上看到刚烈？

修平离开本殿，寻找警官提到的杂物小屋。他环视四周后没有任何发现，于是绕到神社后侧。

一间小屋出现在眼前。竟然在这样的地方……看着简陋的小屋，修平不禁皱起眉头。那是一间由薄薄的屋顶和满是节孔的木板围成的三坪左右的小屋。

修平推开门望着屋内。墙根上堆放着铲子和铁锹等工具，可能是冬天除雪用的。除此之外，没有任何显眼的东西，六叠大小的小屋空荡荡的。

中村久美为什么要在临死前来这里呢？胎盘剥离……难道是来参拜时突然肚子痛，想找一个休息的地方吗？

修平走进小屋，用鞋底划了划久美曾经躺过的地板。看到地板上堆满的灰尘，不禁悲从中来。这里明明是祈愿安产的神社……到底还有没有神明大人？

"啊！"

是人的声音！心脏差点停止跳动。修平迅速回头，原本开着的门差点被风关上，他慌慌张张地准备出去。就在这时，孩子的声音传来:"好像有人!"修平推开门,两个男孩尖叫着出现在面前。

修平被吓得不轻。一个大人和两个孩子瞪大眼睛互相看着,就这么看了好一会儿。最后终于确认清楚后,修平忍俊不禁。"啊……吓死我了!"两个小学生模样的男孩也抚摸着胸口对修平露出笑容。

"不好意思啊,吓到你们了。"修平和蔼地说,"你们住在附近吗?"

"嗯。"高个子的男孩说。

"马上要天黑咯,快回家吧。"

"叔叔,你是谁啊?"小个子的男孩问。

"我是杂志社的记者,从东京来的。"

"欸?"男孩似乎觉得遇到了什么了不得的人,扭头看向他的高个小伙伴。

"你在调查什么呀?"高个男孩说。

"嗯……"

"是幽灵吧?"

"幽灵?"修平反问,他注意到两个孩子手上握着手电筒,"这里有幽灵吗?"

"你不知道吗?这个杂物小屋到了晚上会有女幽灵。"

"欸?"修平感觉身体仿佛被冻僵了。他实在没有办法对孩子们的话一笑置之。

"好像是以前在这里死掉的女人。她躲在小屋里,带着怨气盯着外面。"

小屋的门已经关上，修平转过身面对着孩子们，问："能把你们知道的详细情况告诉我吗？"

"好啊。"小个子的男孩说，"晚上从下面路过的叔叔听到了宝宝的声音觉得很奇怪就上来了，结果看见了一个女人的幽灵。"

"是他直接告诉你的吗？"

小个子的男孩摇摇头："听朋友说的。"

与幽灵有关的流言中常见的三手信息。这类流言中，亲历者往往是朋友的朋友，但是修平无法对他们的话付之一笑。

"你知道那个女人是谁吗？"

"嗯。那个人打算生孩子，结果在这里死了。"

肯定是中村久美。修平对附近的居民感到些许愤怒。竟然将久美的事情传为怪谈，实在是太不尊重死者了。与此同时，修平回头看了一眼黑暗中的杂物小屋，又觉得不能轻易放过这个怪谈。中村久美的亡灵真的存在吗？难道她的灵魂没有超度，至今还在这个世界飘荡吗？为了弄清果波异变的真相，无论如何都要亲眼确认一番。

就在今晚。

2

不知道人在仙台的修平有没有找到中村久美的消息……

矶贝坐在夏树家的客厅中惦念着。

果波的孕吐似乎很厉害，正在卧室休息。妹妹美穗则在夏树家的厨房准备晚饭。

矶贝在等中村久美的人格出来。他担心把这里交给妹妹自己回去后，附体人格现身时会对美穗产生过度的警戒。

"哥。"美穗在厨房招呼道，"做好啦。"

看着以汤和水果为主的晚饭，矶贝感到非常满意。这些果波应该也愿意吃。

"去把果波小姐叫过来吧。"

"好。"

美穗朝走廊走去，随后敲响卧室的门："果波小姐，晚饭好啦。"

没有回应。美穗回头看了一眼哥哥，又敲了一次："果波小姐，我进来咯。"

矶贝在客厅远远地看着。美穗进屋后不久，他就听到了那个女人的声音："你在这里干吗？"

矶贝从椅子上站起来。妹妹似乎在附体人格面前表现得很是成熟冷静："我是矶贝裕次的妹妹，也是一名护士。"

"打扰了。"矶贝招呼一声，随后走进卧室。

中村久美的人格坐在床上，抬头看着矶贝。

"果波小姐的老公因为工作出门了，所以我让妹妹住在这里。"

"哦？……"附体人格的眼睛突然失焦。

这是一个从未有过的表征，矶贝认真地观察着接下来发生的事。

过了一会儿，眼睛里的光回来了。久美的人格说："是去调查我了吧？"

"你怎么知道？"

对方露出轻蔑的笑容："我什么都知道。"

应该是因为《母子健康手册》交到了自己手上吧？矶贝推测。她知道中村久美的名字已经暴露，然后现在又发现修平不在家，所以推测修平是出门调查久美了。

"我告诉你们就好了，哪用得着专门跑一趟。"

"嗯？"矶贝克制住自己的兴奋，说，"愿意和我们聊一聊你自己了吗？"

"我已经死了。"久美的人格毫无预兆地说。

美穗惊讶地看着哥哥。矶贝觉得房间似乎突然变暗了，可是床边的台灯却没有丝毫变化。他回头继续看着患者，冷静地说："死了是什么意思呢？"

"怀孕的时候生病死了，在神社的杂物小屋里。"

"什么时候的事？"

"嗯……"附体人格视线飘忽，"三年前了吧。"

"为什么死了？没有去医院吗？"

"没有那个时间，是突然痛起来的。痛得我站也站不稳，于是跌跌撞撞地跑进附近的小屋，躺了下来。"

矶贝尝试找一些医学上的根据来判断她说的这些到底是不是

捏造的："怀孕第几周的时候？"

"第二十九周，怀孕将近八个月呢。"

"之前没有做过定期产检吗？"

"做了啊。"

"有没有妊娠中毒的症状？"

"说是我脚上有轻微浮肿。"

"只有这个？"

"对，腹部的疼痛来得很突然。"

"除了肚子痛还有没有其他异常？"

"还出血了。"附体人格皱紧眉头。

"多少？"

"只有一点点。暗红色，还黏糊糊的。我躺在地上，意识越来越模糊，然后死了。"

附体人格所说的症状和正常位胎盘早期剥离的表现完全一致。那是一种子宫内连接母体和胎儿的胎盘在生产前剥落的疾病。放任不管的话胎儿会缺氧，母体的剥离部也会发生大出血，导致母子双亡。

"死了以后呢？"

"在一个黑漆漆的世界，什么也没有。我在那里不停地诅咒那个男的。"附体人格的脸上出现了明显的憎恨。

"那个男的？"矶贝不失时机地问，"他是谁呢？是夏树修平吗？"

"不是，那个时候我还不知道果波的老公。"

"哦⋯⋯"矶贝想了想。那个男的是谁？难道附体背后还有未曾发现的其他心理因素吗？现在穷追不舍下去可能会导致症状恶化，于是矶贝换了个问题："你为什么要附在果波身上？"

"因为我听见了果波的哭声，她伤心的啜泣声。这么多年过去了，果波真是一点也没变。总是被男生欺负，总是泪眼汪汪的，所以我决定进来帮帮她。"

短短一刹那，附体人格脸上的邪恶感就消失了，闪过一丝纤细的温柔。令矶贝惊讶的是，这个变化竟保持了作为一个人的一贯性。果波身上的并不是只会带来威胁的单一人格，极少有病例能创造出如此真实、具体的附体人格。

"你是说，你附在果波身上不是为了伤害她对吧？"

"当然不是。"

"打算在里面待到什么时候？"

"你说呢？"

"直到孩子出生？"

"我有个问题必须得解决掉。"

"什么问题？"

"那个男人。"

"那个男人是谁？"

没有回答。附体人格眼神恍惚，表情迅速变为夏树果波的样子。

全程屏住呼吸、侧耳倾听的美穗扭头看着矶贝。矶贝知道妹妹感受到的异变是什么。随着附体人格的离开，充满整个房间的某个人的气息也一并消失了。

不能被她迷惑了，矶贝告诉自己。重要的是附体人格提到的中村久美这名女性临死前发生的事情以及"那个男人"。

或许远赴仙台的修平能找到与此有关的消息。

修平先回了一趟仙台市中心。他想在夜深前先订好今天的住处。他在商务酒店订好房间，从双肩包里掏出调查工具——小型录像机、盒式磁带录音机、A5的笔记本和备忘录。他把手机放入腰包，将录像机和录音机挂在左肩，将备忘录和圆珠笔塞进衬衫左侧的口袋。

离开酒店后，在去往仙台站的路上，他走进一家即将关门的工具店，找到摆放手电筒的货架。稍作犹豫后，选择了建筑工人常用的头戴式手电筒。想到一会儿要做的事情，保持双手能自由活动可以大大缓解心里的不安。

随后他再次乘上当地的电车，回到清川站。下车后特意到电车时刻表前确认了一下末班车的时间，然后坐上车站前停着的唯一一辆出租车。他看了一眼手表，晚上八点三十分。山间小镇已经万籁俱寂。

"去子安神社。"

司机震惊地回头："您去那儿干什么？"

"去走访调查。"修平突然意识到对方震惊的理由，他问，"您也听说了幽灵的故事吗？"

"当然。"司机说，他似乎完全没有踩下油门的意思，"我劝你别去。"

"我为了这个专门从东京过来的，快走吧。"

司机转过头去，慢吞吞地换挡，踩下油门："走访调查？是杂志还是什么？"

"嗯，差不多。"

"竟然敢一个人过来，可真了不起。"司机似乎难以置信。

车子离开车站沿着山路往前开，车窗外的夜色越来越浓。和城市不同，山里路灯之间的间隔长达几百米，两盏灯中间有一段彻头彻尾的黑暗。修平尝试从司机那儿套取一些关于子安神社的怪谈，但是基本和孩子们所说的大同小异，没有其他新的信息。

离车站不到三公里的车程，五分钟就走完了。出租车停在通往神社的小路的路口。虽然一路上路灯不多，好在这里恰巧立了一盏。

下车后，修平问司机："你们的车子可以电话预约吗？"

"嗯。"司机说着递过来一张名片，"打电话到前台就好了。不过，你最好不要说是子安神社。"

"为什么？"

"没有人愿意来。"

司机畏惧地看了一眼神社，待修平关上车门便马上将车开进小路掉头。出租车加速驶离，引擎声没入寂静的夜色，很快就听不见了。

修平来到路灯下，一边给想打退堂鼓的自己加油打气，一边整理装备。首先将盒式磁带录音机斜挎在身上，小型录像机则挂

165

在脖子上，随后将新买的头戴式手电筒稳稳地戴在头上，将所有设备的电源打开。按下录音机的录音键后，可能是感知到了衣物摩擦的声音，标识音量的指示灯开始微微闪烁。

一切准备就绪。修平走进通往神社的小路。

没走几步修平就注意到手电筒亮度不足。周围树木郁郁葱葱，把月光遮得严严实实，眼前的小路化作一团名副其实的黑暗。仅靠两节干电池发光的手电筒最多只能照亮前方五米。

修平停下脚步，反思自己是不是过于莽撞了。可是，自己究竟在害怕什么呢？中途埋伏着的变态？树林里的毒蛇？不，这些都无关紧要。他真正关心的，是一个女人在神社背后的杂物小屋含恨而死的事实。

修平一边鼓励自己，一边向石阶走去。走了不到十步就离开了路灯的光照范围，周围一片漆黑。保持头部不晃动，让光线稳定在一点上并不容易。他晃动着手电筒，确认四周没有奇怪的东西。终于到达石阶下面时，天气不热，身上却冒出了黏糊糊的汗液。

爬上石阶前，修平回头看了一眼走过的路。小路已经被黑暗吞没，只剩一团漆黑，仿佛是退路被堵死了。继续扭转身子向前走，一步、一步，爬了一会儿，修平意识到自己已经处于一个周围没有遮蔽物的毫无防备的空间中。如果真有什么妖魔鬼怪，它可以顺畅无阻地轻易对修平发起攻击。修平开始担心自己的背后，他频频回头，回过头后却发现在某种意义上，背后总是存在着。当他看向后面的时候，后背在前方，看向前面的时候，后背又变成了后方，而魔物却总是潜伏在背后。

终于爬上石阶后，猛烈的紧张感催生了尿意。子安神社的本殿出现在手电筒淡黄的灯光下。修平站在殿前，准备拍照记录。但是当他将眼睛贴在取景器上后，不禁寒毛直竖。突然变窄的视线让他感到恐惧，他迅速环视四周，确认没有人后赶紧将录像机对准神社。没有工夫考虑构图了，他根据感觉大致调整好镜头方向，连取景器也没顾得上看便迅速按下快门。

闪光灯撕裂黑暗的一瞬间，修平好像看见了什么。一个长着人形的白色的什么东西。他拼命眨眼，试图驱离印在视网膜上的残像。他看向本殿右侧，然而什么也没有发现。难道是错觉？他决定再拍一张。在等待闪光灯再次准备就绪的时间里，他听见了一个令人毛骨悚然的声音。

婴儿的啼哭声。

修平条件反射地抬起头。

本殿背后，杂物小屋所在的地方传来了婴儿的啼哭声。他看了一眼挎在腰上的录音机，机器已经捕捉到了那个声音。录音机的指示灯随着哭声上下起伏。

背后好像有人！他一个激灵迅速回头，眼前却空无一人。他随即慌慌张张地扭头看向声音传来的那个方向。肚子里涌起一阵恶心。尿意迅速膨胀，膀胱感觉马上就要裂开了。被恐怖所支配的神经通过肉体的变化催促自己赶紧离开这个地方。

"快去！"修平擦拭着额头上的汗水，不停鼓励自己，"去看看那到底是什么声音！一定要亲眼见到中村久美的幻影！"

修平频繁转身，谨慎地关注着四周的动静缓慢移动。来到本殿旁边后，也许是没有了建筑物的遮拦，婴儿的哭声更大了。绕到本殿背后，前方的杂物小屋恍惚地浮现在眼前。哭声从半掩的木门后传来，屋子里到底有什么？是已经死去的女人在屋内窥视外面吗？

修平张大嘴巴深吸一口气，强忍着想吐的感觉慢慢靠近小屋。走到门口时，哭声已经大到足以撕裂耳膜，录音机的指示灯已经爆表。小屋里有什么不属于这个世界的东西。

修平突然觉得呼吸困难，太阳穴传来剧烈的鼓动。他仍然坚持将手电筒的光对准小屋，伸手轻轻推开木门，一头扎入眼前的黑暗中。

泛着白光的女人的身影……谣传中的幻影并没有出现。由木板简单拼接成的小屋和傍晚的时候一样，空荡荡的，然而恐怖并没有散去。婴儿的哭声仍然不绝于耳。

修平下定决心，抬腿踏入屋内。尖锐的哭声是从哪里传出来的呢？修平四处转动寻找声音的来源，突然，他一动不动地站在原地。哭声就在自己脚下，在地板的下面！他蹲下身，把手伸入地板间的缝隙。哭声突然停止，难以置信的寂静突然袭来，修平甚至能听见自己的呼吸声。他抓住地板边缘，掀开。

见到那个蠕动着的东西时，恐惧令他浑身汗毛直立。当他看清眼前的景象后，身上顿时没有了力气，一下子跪倒在地上。

是猫。修平忘了，发情期的猫会发出婴儿般的啼哭声。

他把光线对着猫仔细查看，发现猫不是在吸引对象，而是在生小猫。一只小猫已经出生，正贴在母猫的肚子上吸奶。

修平静静地看着这对可爱的母子。过了一会儿，觉得自己这样会打扰到它们，于是退到小屋边上，后背贴着墙壁。背后的威胁终于解除了。

终于可以松一口气了。修平跟着手电筒的灯光四处查看，确认小屋内没有任何异常，然后静静地等着异变的发生。

五分钟过去了，十五分钟过去了，手表的分针转了半圈，仍旧什么也没有发生。婴儿的啼哭声再没有响起，中村久美的幻影也没有出现。

外面流传的怪谈应该是误将猫咪的叫声听成了婴儿的啼哭。修平觉得继续待下去也不会有什么灵异现象，于是慢慢直起身。他看了看地板下的猫咪，贴在母猫肚子上吸奶的小猫已经有三只了。

接下来就是怎么回去了。他把录像机和录音机挎在肩上，又进一步把它们固定在手臂，然后迅速跑出小屋。剩下的就是不回头地全力奔跑了。他穿过神社，跑下石阶，又穿过漆黑的小路，终于成功来到了车道上。

路灯的灯光是如此有安全感。他掏出手机呼叫出租车时，听从来时那位司机的劝告仅告知了大体的位置，没有说出子安神社的名字。

十分钟后，出租车的前车灯驶了过来。

冒险结束，修平长长地呼出一口气。

3

第二天午后，矶贝在家里接到了修平的电话。说是已经结束仙台那边的调查，下午五点可以回来。

矶贝算准时间前往夏树家。他把车停在公寓前的路边，上到十六楼。客厅里只有美穗一个人。

"果波小姐呢？"矶贝问。

"在卧室休息，孕吐好像有点厉害。"

"早上和中午都吃过饭了吗？"

"分开吃了几次，总量应该差不多。"

那应该没关系，矶贝觉得。从妊娠周数来看，孕吐应该会在下周平息。

"比起这个……"美穗低声说，"果波小姐真的是病了吗？"

矶贝看着妹妹："你是指什么？"

美穗御寒似的耸起肩膀："我总觉得这个屋里还有别人。昨天一整晚，总感觉有人进进出出。"

"是你的错觉吧。"矶贝笑着说。

"真这样就好了。"美穗皱起眉头。

就在这时，玄关的门突然打开，矶贝和美穗吓了一跳，赶紧回头。原来是修平回来了。兄妹俩放下悬着的心，露出笑容。然而看到修平的表情后，矶贝有种不祥的预感。他脸上毫无生气，

170

倒更像是那个被附体的人。

"是不是累了?"简单招呼过后,矶贝问道。

"没事儿。"修平谢过兄妹俩对妻子的照顾,在餐桌前坐下,"这次有不少收获。"

矶贝和美穗静静地听完修平的报告。中村久美已经死亡的事实令二人震惊不已。美穗意有所指地看向矶贝。

"你们看看这个。"修平拿出一份报纸的复印件,"今天在当地的图书馆找到的。"

那是一则当地报纸上的小新闻。

惊现孕妇遗体

9日傍晚,警方接到报警,青叶区清川町的子安神社中有人晕倒。当地派出所的巡查迅速赶到现场,在杂物小屋中发现孕妇尸体。据青叶西署的调查,女性为该町居民中村久美(22岁)。经解剖,死因为病死。遗体目前已交还家属。

看完后,矶贝觉得后背隐隐发凉。报道的内容和昨晚附体人格所述的完全一致。

"报道上没有写得的是什么病。"修平说,"但是据发现遗体的派出所警官所说,好像是胎盘剥落。"

正常位胎盘早期剥离,矶贝心想。附体人格说是在怀孕二十九周时发病的……

"知道是怀孕后多长时间发病的吗?"

"不知道，没有问到这么详细的地方。"

"其他还有吗？"

修平接着说出了中村久美死亡的前因后果。

矶贝对附体人格不肯透露的那个点耿耿于怀。他问修平："和久美小姐交往的人是谁，知道吗？"

"她本人似乎没有透露那个人的身份，只是说那个男人让她把孩子打掉，然后和她分了手。"

附体人格曾怨恨地提起"那个男人"，还说什么"有个问题必须得解决掉"。果波自己知道多少关于久美和这个男人的事情呢？

修平接下来将话题转移到神社的怪谈上。深夜在杂物小屋被人发现的白色人影。

在一旁听着的美穗探出身子："夏树先生你不会去看了吧？"

"去了。在晚上，一个人。"修平疲倦的脸色露出笑容，然后将前一天晚上发生的事情全部告诉了兄妹俩。

美穗似乎完全沉浸在冒险故事当中，得知婴儿的啼哭声其实是猫叫后，她松了一口气，说："鬼怪露真形，原是枯芒草[1]啊。"

"没错。"

矶贝却觉得事情非常蹊跷。猫咪只有在发情期才会发出婴儿般的啼哭，生产时并不会。那么，在深夜空无一人的神社，修平听到的究竟是什么？

"矶贝先生。"修平恢复了严肃的表情，他拿起桌上的报道，

1　日语谚语，意为"杯弓蛇影"。

"现在只剩下一个问题了。这篇报道是当地报纸上的，我还调查了全国性报纸的缩印版，没有一家报道过中村久美死亡的事情。"

"然后呢？"

"果波是怎么得知中村久美的死亡详情的？虽然说是发小，但是自小学六年级以来，她们之间应该没有任何交集。"

这自然是个疑点。不仅是昨晚附体人格所说的话，还有果波那宛若通灵的洞察力，她一口便说中了修平的行踪。观察了无数超自然现象的分析心理学家荣格曾在其著作中提到，在交灵会中进入附体状态中的患者拥有读取他人心理的特殊能力。但是他解释说那并不是什么通灵术，而是陷入歇斯底里状态的女性的感受能力极其敏锐，可以达到平时的五十倍。他引用的是法国心理学家比奈通过实验得出的结论。也就是说，通过无意识能力的增强，可以获得令人难以置信的洞察力，从而对他人的内心洞若观火。

男人们平时就经常为女人敏锐的直觉还有第六感所震惊，更别提增强五十倍了。

但是……矶贝冷静地思考着，拿中村久美病死一事来看，果波透视的不是活人的内心，而是过去的事实，就算搬出荣格的说法也完全解释不通。

"只能说是她们之前有过联系。"矶贝说。

"但是果波没有班级的名单，她的电话本上也没有中村久美的名字啊。"

矶贝的目光再次落在报纸的复印件上："你刚刚说全国性的报纸上没有报道，杂志呢？"

"杂志?"修平抬起头。

"这种事情，周刊杂志应该趋之若鹜地报道才对。"

"等一下。"修平眉头紧锁，他似乎在思考什么，"我想到一个可能性，剪报啊！"

"剪报?"

矶贝和修平一同离开公寓，钻进自己停在路边的车。他们要去的是果波工作过的编辑工作室。

JR水道桥站附近的一角，那里耸立着许多商住两用的大楼，Book Craft就在其中的一栋楼内。矶贝把车停在路边。

"除了会计，果波还承担了部分打杂的工作。"修平说明道，"有时候为了做策划调研，会做一些杂志和报纸的剪报。"

沿着狭窄的楼梯爬上三楼，一扇门上面贴着"Book Craft"的公司标志。磨砂玻璃里面灯火明亮。

"我怎么办?"矶贝问，"我在外面等吧?"

"不用，没有人会介意的。"修平笑着说。

推门进去，眼前摆着十多张桌子，但是整个办公室只有一位年轻的女员工在。她坐在靠墙的位置，正对着电脑认真工作，看样子像是在整某篇报道的排版。她似乎完全投入其中，根本没有理会修平他们。

"我来找些资料。"修平向她招呼道。

"请便。"这位排版负责人心不在焉地说。

矶贝跟着修平往里面走去，里面的书架上摆满了剪报本。

"三年前……也就是说，2000年。"修平一边自言自语，一边抽出一本文件，"忌日是11月9日。"

他翻动页面，但是11月的剪报中并找到没有相关的报道。修平继续翻动，翻到下一个月的月中时，他突然停了下来。

《K和N的悲剧》。

矶贝盯着标题。修平快速看了一遍报道，兴奋地说："就是这个，没错！"

那是一篇两页篇幅的特辑。也许是考虑到当事人的隐私，文中隐匿了中村久美的真名，而是用了名字的首字母K和N。据这篇报道称，那位匿名女大学生在大四时怀孕，女孩决意不结婚先把孩子生下来，于是休学回家，不料遭到家人反对，在怀孕将近八个月时病死。报道上列着"被男人抛弃也毅然生子""母子双亡的悲剧"之类煽动情绪的标题。记者似乎进行了深入的调查，就连死亡推测时间是上午十一点前后以及"正常位胎盘早期剥离"之类的尸检结果也写进了报道里。

"终于破案了。"矶贝说，"果波应该是看到了这篇报道。"

"但是……"修平略有疑虑地说，"这篇报道是匿名的，果波怎么知道报道上的人是中村久美？"

"应该是地名吧？上面不是写了'仙台市青叶区西边一带'吗？住在这里的K和N小姐，果波应该是根据这一信息推断出当事人是自己的发小中村久美吧。"

"原来是这样。"

"我还发现一点，果波小姐婚后的名字和中村久美小姐的名字，首字母是一样的。"

"然后呢？"

"也许是这种一致性带来了更强的暗示，让果波把自己代入中村久美身上。"

"还有这样的情况啊？"修平难以置信地说。

"看到这篇报道的时候，果波小姐就一直对发小耿耿于怀，所以才在这次附体障碍中选择了中村久美这个人格。"矶贝又看了一遍报道，关于让中村久美怀孕的恋人，上面只是轻描淡写地提到过——大学的同年级同学。在患有附体妄想的果波口中，这一碎片信息就成了"那个男人"。应该是这样。

"终于可以放心了。"修平的脸上泛起笑容，"得知中村久美已经死亡的时候，我还怀疑果波是不是真的被附体了。"

矶贝也笑了。突然，他看向电脑前的那位女员工。她不会听到他们的对话了吧？精神科医生有一个习惯，对患者的隐私极为在意。

"我们出去说吧？"

"好。"修平把那篇报道复印了一份，和矶贝一起离开了Book Craft。

他们向停车点走去。

"附体人格的来源算是弄清楚了。"矶贝边走边说，"但是我们之前计划的方案现在用不了了。"

"把中村久美本人带过来的那个方案是吧。"修平的脸沉了下来。在副驾驶席上坐下后，他语气沉重地问："果波这样的状态，是不是还要持续很久？"

"如果只靠心理治疗的话。"

"这样的话……人流是不是做不成了？"

矶贝正准备发车，他把脚从油门上松开。他隐隐感觉到，修平似乎开始考虑把孩子生下来了。这是他最希望的。

"是吗？"修平催促道。

矶贝没有直接回答，他说："如果出现上次和上上次那样的情况，恐怕做不了。"

修平似乎听出了他话中有话："还有其他办法吗？"

你是一名医生，矶贝提醒自己。不能把个人的想法强加给患者和患者的家人。把孩子生下来，经济上困窘的是夏树家。

"从结论上讲，人流是有可能的。"

"真的吗？"修平惊讶地问。

"上次发作的时候，我们给果波小姐注射了苯二氮卓类的镇静剂。因为我们判断，只使用一次的话，给胎儿带来的影响几乎为零。结果上看，效果非常显著，附体人格完全销声匿迹了。"

"那是治好了吗？"

"不是，分离性障碍没办法仅用药物治愈。镇静剂只是消除了果波小姐对人流的不安，所以由此出现的附体人格也消失了，但是仅限于药物的有效期内。"

"那个药不能持续使用是吗？"

"嗯。一般情况下，尽量不给孕早期的患者使用，不过在孕中期，胎儿的主要器官都已成形的情况下有时会与患者商量后使用。"

"孕中期是什么时候？"

"第十六周以后，果波小姐还差五周。"

修平略作思忖，说："人流是二十一周前都可以做，对吧？"

"是的。"矶贝注意用事务性的口吻回答，"所以，在进入第十六周后开始使用药物治疗的话，应该可以在人流完成前稳定症状。"

修平陷入沉默。

矶贝启动引擎，踩下油门。曾经两次差点被流产的夏树夫妻的孩子，今后会面临怎样的命运呢？会像八年前自己处理过的那个孩子一样，在徒劳的反射运动中死去吗？

"中村久美这位女性……"修平开口，"为什么想把孩子生下来呢？从现实考虑的话，人流明明是一个更轻松的选择。"

"不知道。"矶贝说。

"人流又不是什么稀奇的事。"修平继续说，他更像是在说服自己，"每年有三十四万人在做，对吧？"

"可还是有中村久美这样的女性在，虽然只是少数。"

修平口中发出的轻微叹息让矶贝感受到了他的为难。

矶贝的思绪落到中村久美身上，这位竭力保护自己的孩子最终却命丧黄泉的女性。她的死让矶贝感到无比遗憾。医生正是为了拯救这样的生命而存在的。给她做产检的那位医生，为什么没能阻止这场悲剧呢？

眼看车速过快，矶贝急忙松开油门。罪恶感突然苏醒——没能阻止户田麻衣子自杀的罪恶感。

把修平送回家后，矶贝接上妹妹回了自己的公寓。修平在路边目送他们离开后回去了。从矶贝口中了解到药物治疗的可能性，修平轻松了一些。虽然现在仍没办法决定是否要做人流，但是至少知道了果波的症状是可以控制的，这让他感到安心。

打开门，走廊的灯关着。卧室门下的缝隙中漏出亮光。修平打算先看一看妻子的情况然后再去泡澡放松。他的身体已经过于疲惫。

"果波？"他呼唤着妻子的名字走进卧室。

背对着他躺在床上的果波转过身来。

"抱歉，是不是把你吵醒了？"

"没有啊，我已经醒了。"果波起身，坐在床上。

修平在果波身边坐下。他抱住果波的肩，感受着妻子的体温。

"感觉怎么样？"

"嗯……好像突然变好了。"

"欸？"修平盯着果波的眼睛。果波睁开双眼皮的眼睛，温柔地看着他。

"我感觉轻松多了，有人在身体里的感觉也没有了。"

"真的吗？"修平觉得是不是自己去了一趟仙台产生了什么影响。

"应该是，我觉得我已经完全好了。"

"果波！"修平不禁大叫，紧紧地抱住妻子。就在这时，耳边响起了令人汗毛直立的大笑。是那个女人。修平立即松手后退一步。

"学着果波玩一玩。"附体人格露出冰冷的笑容，"怎么样？是不是感觉有点幸福？"

修平无言以对。他拼命压抑住不断膨胀的愤怒。冷静！果波是生病了。不管她做什么，都绝不能生气。

"什么时候能好起来呢？你不是中村久美，是夏树果波哦。"

然而，对方却露出了施虐狂般的笑容："你在说什么呢？我当然是中村久美。而且，果波马上就要消失咯。"

修平有种不祥的预感："什么意思？"

"这副肉体马上就要被我完全占据了。"

症状在日益恶化，修平不得不认清现实，附体人格的行为越来越恶劣了。

"所以……"女人继续说，"今晚开始你就别进这个房间了，各睡各的吧，我会很感谢你的。"

"好吧。"修平说。再忍五个星期。五个星期后就可以开始矶贝所说的药物治疗了。

女人似乎看透了他的心思，她说："你是不是觉得我是得了精神病什么的？"

"你说呢？"修平过了一会儿说。

"所以还专门去什么仙台。"

修平愣住了。果波应该不知道他去了仙台才对。他想问个清楚，但是现在矶贝不在，继续谈下去可能会有危险。附体人格的狡猾程度自己已经无法应对了。

"快睡吧。"修平说完便向门口走去。

"去看了神社？"

修平立住。

"猫是不是生孩子了？"

仿佛有一只冰冷的手从后背划过。修平愕然转身：

"你怎么知道？"

"我看见了啊，我可一直都看着呢。"中村久美的人格用私语般的低沉声音说，"你不知道？我啊，就像是贴在你背上，你甩也甩不掉的。"

"你胡说！"修平大吼，他需要通过这种方式消除恐惧，"那不可能！你不是什么灵！"

"你还不明白吗？"女人的瞳孔失去光泽，尸骸般凹陷下去，"我三年前就死啦。"

"你住嘴！"

"我凭什么住嘴？该怎么样你才会死心呢？要不，我干脆一直贴在你背后吧，到你死心为止。"

神社里的黑暗再次苏醒，当时自己的确感觉背后有人。

"真是这样的话，"修平双腿已经开始颤抖，他努力控制着，他感觉自己似乎真的在和死人说话，"你把证据拿出来！"

"证据？什么证据？"

"你离开果波，来我身上！你可以吗？你要真是什么灵，应该也可以附在我身上！"他说着张开双手。

女人的双眼发出异样的光芒。不会吧？一股不安涌上心头。下一刻，仿佛有一股电流从双手流过。视线大幅晃动，修平赶紧调整好眼睛的焦点，只见床上的女人正盯着自己。

"证据给你看啦。"女人说。

刚刚席卷全身的异样感究竟是什么？修平浑身上下检查一番，似乎并没有受伤。他说："你就光嘴上说说，什么也没发生啊！"

"是吗？"女人说，"你很快就会知道了。"

"很快？"修平注意到女人的表情发生了变化。她两眼充血，眼眶中闪着泪光。怎么回事？难道是施展了什么奇怪的力量，导致心里出现了混乱？"很快是什么时候？"

女人的视线越过修平，看向门口。

修平皱起眉头回头看了一眼房门。心脏像是被冻住了一般。进来时关上的房门竟然完全打开了。不仅如此，黑暗中飘浮着什么长着人形的白色东西。是礼服，果波的礼服挂在门上。礼服的胸口至下腹部沿着一条直线完全裂开。

修平哑口无言，他要亲自确认这不是幻觉。他战战兢兢地伸出手，指尖触摸到光滑质地的礼服。刚刚没有的东西突然出现了……遭到残忍破坏的珍珠色礼服，仿佛暗示着果波的命运。

"信了吗？"

不知何时，女人已经站在了身后。修平尖叫着跳开，没想到腿脚根本不听使唤，一屁股坐在了地上。挂在门上的礼服轻轻飘落。

"怎么了？就这么怕我吗？"女人仰起头，张开嘴大笑。她的嘴张得巨大，修平甚至能看清她的上颚。

被附体的妻子，此刻已经完全失去了理智。

第四章

感 应

1

夏树果波妊娠第四个月中期，进入第十四周了。一般情况下，孕妇会在这个时期治疗牙齿、开始接受培训，肚子里的胎儿也应该长到了十多厘米。

这一天，矶贝为了在精神科医局的病例研讨会召开前和医局长做一些沟通，早上六点就起床了。停职已经两个多月了。起床的时候，他开始有点担心这样散漫的生活会不会沁入骨子里。也许是时候回归工作了。但是治疗失败的患者现在仍然在特护治疗室（HCU）昏迷不醒，这总是让他惆怅抑郁。

户田麻衣子仍旧是植物人的状态，也许终究逃不过死亡的命运。如果那一天到来的话，自己该拿什么赎罪？

他走出房间准备洗脸，妹妹美穗好像还没醒。矶贝简单吃了一些昨晚的剩菜，整理好着装后出门。

七点前到医院的时候，医局长已经在新馆五楼的精神科医局等着他。医局长四十多岁，迟钝的身体下隐藏着冷静的判断力，是一位名医。

"话说你怎么打算？"简单寒暄过后，医局长直截了当地问，"感觉怎么样了？"

"还很难说完全走出来了。"

"准备什么时候回来？"

"关于这个……"矶贝慎重地选择措辞，现在还是应该优先考虑夏树果波，"其实我也想问您，停职可以持续到什么时候？"

"嗯……"医局长小声念叨。见对方陷入沉思，矶贝意识到医局长是在体谅自己。他可能不想给仍处于抑郁状态的后辈带来太多精神压力。

"您直说就好了。"

"医局可以酌情批准三个月，再多就要和大学交涉了。"

时间完全可以等到夏树果波开始药物治疗。"好的，不好意思，给您添麻烦了。"

"迄今为止，我死了三个患者。"医局长望着窗外说，"但是没有一个是死在我眼前的，你肯定受到了不小的打击。"

矶贝微微点头。

"有空的话就过来随便聊聊，我有时间的。"医局长结束了谈话。

矶贝谢过医局长后匆匆离开医局，此刻正赶上同事们上班的时间。他的脚步自然而然地往楼上走去。他要去七楼的HCU，看望昏睡中的患者。站在走廊隔着玻璃看向室内的一刹那，他浑身窜过一股紧张。

户田麻衣子的床位已经围上了帷幔。矶贝立刻明白这意味着什么，同时他也认识到，自己根本没有做好心理准备。别死啊！内心响起一声强烈的呐喊，他已经分不清这是祈祷还是恳求。活下来啊！

帷幔打开。修平立即看向脉搏血氧仪确认户田麻衣子的生命体征。脉率监护仪的数值是六十，动脉血氧饱和度没有异常。她活着。

矶贝暂时放下心来。就在这时，广川晶子从帷幔后出来，矶贝顿时疑惑不解。为什么妇产科的医生在参与治疗头部外伤的患者？昏迷中的户田麻衣子究竟发生了什么？

见到玻璃外的矶贝，广川惊讶地停下脚步，目光坚定地抬起下巴。那是她遇到困难时的习惯动作。广川来到走廊，矶贝没有直接开口。

曾经的结婚对象显然知道他在想什么。"意外发现。"广川说，"我们的治疗成功了。"

矶贝皱起眉头，不知道对方在说什么："什么成功了？"

"不孕症的治疗，户田小姐怀孕了。"

矶贝口中发出震惊的声音，他愕然地看向户田麻衣子。

"应该是自杀未遂之前怀上的，现在已经两个月了。"

会有怎样的命运等待着麻衣子和她的孩子呢？矶贝的脑子里迅速浮现出植物人状态分娩的病例。即使母亲处于昏睡状态，依然可以孕育胎儿，然后通过剖腹产完成生产。但是……母体在分娩前一旦发生意外，极有可能母子双亡，就像中村久美那样……

"愿她们母子平安吧。"广川恳切地说。

修平在驹込站附近的咖啡店等待他的编辑朋友。这几周竟然平安无事地过来了，简直难以置信。

附体在妻子身上的那个东西，就像她此前告知的一样，正在一点一点驱逐果波的人格，也可以说是蚕食。现在果波一天之中有半天时间是以附体人格的状态度过的。好在只要修平不刺激对方，附体人格就不会有危险的举动，也不会引发什么超自然的异变。逐渐占据果波肉体的人格，宛如一个陌生人，安身在公寓里。

"哟。"

修平闻声抬头，桥本来了。

"是什么急事啊？"

"你先坐。"待好友坐下点好咖啡后，修平继续说，"上次那个合同，可能得毁约了。"

"什么？"桥本厉声询问。

"抱歉，我知道你为我做了很多，真的感谢。我知道你很郁闷，但是我这边的情况真的不佳。"

桥本盯着修平，他似乎终于注意到了朋友憔悴不堪的样子："因为果波？"

"嗯。"

"很不好吗？"

修平决定把事情一五一十地告诉桥本。可是，该从何说起呢？

"是不是……"桥本先开口，"精神方面的？"

修平惊讶地问："你怎么知道？"

"你之前是不是带着医生来过我们公司？"

是那个排版的女生，修平想起来了。应该是找《K和N的悲剧》那篇简报时和矶贝的对话被她听到了。

"放心吧，那个人嘴巴很严，我也保证不和别人说。"

"抱歉。"修平低着头说，"情况比这个更糟糕。"

桥本难掩惊讶："更糟糕？"

"在这之前有件事想问你。你之前是不是说你在两年前做过一次关于超自然现象的特辑？"

"嗯，《心灵场所之旅》，夏天必出的。"

"你自己相信这些吗？"

和大多数聊到这种话题的人一样，桥本露出为难的微笑："这真的很难说。不过我实地调查的那些灵异人士，好像的确拥有不可思议的力量。"

"怎么说？"

"我什么也没说他却能知道过去的杀人案。而且，请他们做完驱灵仪式之后，当地的幽灵目击报告立马就没有了。"

"驱灵仪式……"修平小声嘀咕，陷入沉思。

"怎么了？"

修平探出身子，压低声音，说："那位灵能人士，有联系方式吗？"

2

下周就要开始药物治疗了。

从夏树果波这几周的情况来看，矶贝怀疑光靠镇静剂到底管不管用。

果波的附体妄想越来越严重了。他每次前往夏树家进行心理治疗，中村久美的人格都拒绝交流，他只好等果波自己的人格出现。可以说，已经从神经症的领域恶化到了小精神病状态。不仅如此，他还注意到丈夫修平突然变得莫名消极，似乎已经认定妻子的病根本治不好。

星期五下午，矶贝前往大学图书馆重新调查了附体障碍的治疗方法，最终的结论依旧是只能用镇静剂闯过这一关。本来应该结合抗精神病药物的使用以减轻妄想症状，但是这类药物对胎儿有明显的副作用。短期服用会有致畸性，长期服用则可能引起染色体异常。只要夏树果波肚子里仍孕有生命，就断然不能使用这一强大的武器。

以防万一，他还重新评估了专家间意见不统一的镇静剂的致畸性，最后判断孕期中期应该没问题。即便有副作用，其发生概率也只比普通情况高几个百分点。第十六周以后，胎盘已经长成，胎儿的主要器官也已成形，应该不用过于担心。只需要注意不要让果波本人产生药物依赖。

矶贝离开图书馆走向停车场。行走在校园中，他的心情格外沉重。镇静剂奏效的话，附体人格将被成功驱离。夏树果波将摆脱紧张，断然选择人流。但是，这样真的没问题吗？拒绝人流，也是果波自己的意志。这种做法难道不是等同于药物洗脑吗？

矶贝不得不思考，因为药物作用而发生状态变化的"心"究竟是什么？难道仅仅是神经细胞这一蛋白质及它们之间的电信号和化学物质间的关系吗？现代医学的答案当然是yes。脑这一物质一旦消亡，人类的精神也随之消灭，根本不会有灵魂等死后依然留存的东西，所有精神活动都不过是物质的相互作用而已。

矶贝露出讽刺的笑容。自己对户田麻衣子感到愧疚、想全力救助夏树果波、对毅然产子却遭遇死亡的中村久美感到同情，这些都不过是物理和化学反应产生的幻影。它们绝不存在于外界，只会不断在自己心中掀起波澜。

手机响了，来电显示是修平。按下接听键，一个低沉的声音传来："有些特别的话想和您说。"

是什么呢？矶贝疑惑不解。

他们约在公寓外的小花园见面。两人隔着圆桌相向而坐，修平倦怠地说："我想中止对果波的治疗。"

"为什么？"矶贝毫无准备，手足无措。久治不愈时，经常有患者向医生表示自己已不抱期望，矶贝早已习惯。但是夏树果波好不容易坚持到现在，再过几天就能开始药物治疗了。

修平对矶贝和他的妹妹美穗表达了充分的感谢，但是他表示妻子的病不是靠医学的力量就能治好的。

"方便的话，可以告诉我理由吗？"矶贝尽量不表现得咄咄逼人。

"也许您不相信……"修平首先说。接着他开始谈起从仙台回来的那天晚上发生的诡异事件。附体人格竟然知道他在仙台的神社中发现了正在生产的猫咪。

"当时我总觉得背后有人，应该是中村久美的人格在监视我。"

"不可能吧？"矶贝摇摇头，他很快就找到了解释，"我觉得这个不难解释，你那天晚上不是把在仙台发生的事情告诉我和美穗了吗？可能是在卧室的果波听到了吧。"

"但是，那个房间装了隔音墙。"

"可能是卧室的门没有完全关好吧，这个我们都没注意。"

可是修平并没有被说服："不仅是这点，中村久美的人格还可以隔空移物。"

矶贝怀疑自己是不是听错了："什么？"

"果波的裙子。"

据修平所说，原本关着的门突然打开，果波的裙子被剪烂，挂在了门上。

矶贝立马觉得这不可能，他寻找着能让修平接受的合理解释。他想到心灵致动一词，无须用手就能移动物体的一种能力。矶贝记得以前曾看过日本代表性的著名心理学家得出的"或许存在这种力量"的报告。但是当时的实验极为简陋，只是让被试者摇骰子，要求他们在统计上有效的次数内摇出特定的面。把放在衣柜里的裙子剪烂，然后挂到门口，实在让人无法理解。

"你确定那是裙子吗？"

"我亲手摸过了，不是幻觉。"

"会不会是进屋的时候就已经挂在那儿了，只是你没有注意到？"

"不可能，裙子是盖在门上的。事先挂在那儿的话，肯定能注意到。"

"可能是你在想事情，不小心忽略掉了呢？"

"矶贝先生，"修平疲倦地摇着头说，"我说的是实际发生的事情。果波不是病了，是真的被人格附体了！"

他言之凿凿，矶贝不免担心："如果我停止治疗，你之后打算怎么办？"

"我通过朋友联系到了灵能人士，准备做一场仪式。"

"不可以。"矶贝沉稳地说。

"为什么？"

"你可能不相信，但一定要听我说。第一，果波小姐是精神障碍，她心里有一个被中村久美人格附体的暗示。对这样的患者举行这样的仪式，只会进一步加强她心里的暗示，导致症状恶化。"

"但是……"

"第二，"矶贝打断修平，"对于附体现象，很担心的一点是横生枝节。宗教团体往往会盯上那些被家人的精神障碍所折磨的人，搞不好会酿成杀人案。"

"杀人案？"

"嗯，仪式造成患者死亡。你也听说过借着驱邪的名义对患者施以暴力最终杀死患者的案件吧？"

修平点点头。

"另外，还可能遇到对方索取高额祈祷费、强卖符纸和壶之类的事情。一定要慎重考虑。"

"可是，礼服的事情该如何解释？"

"我不在现场所以什么也不能说，但是也有证据表明果波小姐是精神障碍啊。"

"什么？"

"第二次人流时，给果波小姐注射的镇静剂成功抑制了附体人格。如果真是被附体的话，为什么对神经系统起作用的药物能够奏效？把它认为是果波小姐的精神创造出的人格是不是更合理？"

修平陷入沉默。矶贝放低声音缓缓说道："现在正是关键时刻，还是先观察药物疗法的效果，然后再考虑后续措施为好啊。"

一阵沉默过后，修平终于开口："好的，就听您的吧。"

矶贝终于放心了："以后要是再发生类似礼服事件这样的怪事，请立即联系我，我们一起看看是怎么回事。"

矶贝回去后，修平心中仍然无法释然，感觉自己犹如置身于两块磁铁之间的金属，被两个互相抗衡的引力紧紧束缚。科学与非科学的峡谷……果波究竟是精神障碍，还是死灵附体？

在十六楼走出电梯后，太阳照射不到的北侧走廊，似乎沉淀着不属于这个世界的奇怪空气。越接近自己的房子，感觉越强烈。修平从口袋里掏出钥匙，屋里等候自己的，是妻子还是附体人格？

他打开门，并没有听到妻子的问候，看来果波仍处于附体状态。修平向客厅走去，路过卧室时注意到卧室的门半开着，于是瞄了一眼里面。

妻子仅穿着内衣裤。她背对着门，站在床边。修平顿时疑惑不解。和以往不同，他一时竟无法分辨眼前的女人是自己的妻子还是附体人格。于是他站在走廊继续观察。过了一会儿才终于明白，原来是因为房间里的女人脸上挂满了幸福。那是这几个月里修平一次也未曾见过的令人平静的表情。

女人蹲坐在床上，拿起一件像是内衣的衣服。那是一件带有魔术贴的类似于围腰的贴身内衣。她到底在干吗？修平沉默地望着女人的一举一动。

可能是没有注意到自己，女人开始缠那件长长的贴身内衣，脸上的神情始终温柔祥和。这时修平才第一次发现妻子的下腹已经明显鼓起。附体人格从不曾给他看自己的裸体，修平至今没有见到妻子的身体变化。

缠上围腰后，屋中的孕妇双手贴在下腹，低下头露出温柔的目光。

"果波？"修平试探道。

对方看向自己，带着微微笑意和满脸的温柔。

"果波？"修平又叫了一声。并没有回应。看着眼前这张既不是妻子也不是中村久美的温柔的脸，修平怀疑：该不会是出现第三种人格了吧？

"这是安产祈愿哦。"女人说，"在怀孕第五个月的戌日要缠上围腰。"

修平点点头。从准备生孩子的意愿来看，对方应该是中村久美。她应该是在谋划什么，不然不可能如此温和地对待自己。

"你过来一下。"女人拍了拍自己身边的位置说。

修平虽然有所顾虑，但还是在女人身边坐下。

女人抓起修平的手，贴在自己的下腹："这里有我们的宝宝哦。"

"我们？"修平反问道，心里却感觉被填满了。这种幸福感令他困惑。如果不选择人流的话，这应该是夫妻间理所当然会分享的幸福吧。修平盯着女人说："你是果波吗？"

女人没有回答，只是眯着眼微笑。修平尝试伸手触摸对方的脸颊。没有遭到拒绝。他于是把脸慢慢贴近，亲吻嘴唇。舌尖相接，是熟悉的妻子的触感。他伸手绕到后背，解开内衣的衣扣。女人没有任何抗拒，顺从地配合着。修平盯着妻子已经变大的乳晕以及下腹的围腰。

"轻轻地……"女人柔声说，"肚子里有宝宝。"

修平点点头开始爱抚。缓缓地，他的手从胸部移动到下半身，自己也一件件地脱去衣服。当修平把女人脱光，她的身上只剩下围腰时，女人的身体已经湿润。进入的时候，修平感到一种冒犯禁忌般的不可言喻的快感。在修平怀中隐忍地呻吟着的，似乎正是自己所爱的女人，果波。

高潮过后修平依旧不愿放开，继续怀抱着果波。曾经理所当然享受到的温暖此刻就在怀中。

看着妻子熟睡的脸，修平动摇了。

3

上午，矶贝到大学医院的院内药房领取了果波的药——五毫克的地西泮药剂。一周的剂量，一共二十一片，一起装在纸袋里。

出于流程上的需要，他拜托本局的后辈开了处方。看过夏树果波的诊疗记录，后辈睁大眼睛："竟然是附体障碍……"他没想到是这么罕见的病例。

取完药后，矶贝先回了家，吃过妹妹准备的午饭后开车去了夏树家。到玄关迎接他的是修平。"情况怎么样？"矶贝问。"现在是附体状态。"修平简短地说。

果波似乎在卧室，矶贝和往常一样，到客厅等待人格变换。

"这个周末……"修平给矶贝冲了一杯咖啡后小声说。为了不让敏锐的果波察觉，他们最近总是低声密语。"处于一种既不是果波也不是中村久美的状态，看起来非常平静。"

"嗯？"矶贝顿时有了兴趣，附体人格曾短暂表现出的温柔的样子在脑海中划过。询问详情后得知果波缠上了围腰，她对丈夫说是祈愿安产。

"那个平静的人格只出现了一次吗？"

"嗯。"

"你无法确定她是不是果波小姐本人是吗？"

"嗯，现在想想又好像不是果波……不过很难想象附体人格会表现出那样的态度。总之那天傍晚又恢复了原样，一眼就能看出是果波还是中村久美。"修平露出与心爱之人分离后的失落，"果波肚子里的可能是个女孩。"

"为什么这么说？"

"不是经常说嘛，男宝宝让妈妈更严肃，女宝宝让妈妈更温柔。"

作为一名妇产科医生，接触了众多孕妇的时候，矶贝也有这样的感觉。

"对了，我把药带过来了。"矶贝把药从纸袋中拿出来，"今后需要思考的问题只有一点，果波会不会好好喝药。附体状态的话，中村久美的人格应该是不肯喝吧。"

"一天要给她喝几次呢？"

"每天三次，每次一片。"

修平的脸沉了下来，上面写满了"困难"二字。

"能不告诉她这是什么药吗？比如和她说这是安胎药。"

"不行，这个药多少有点副作用，服用前一定要把药理向本人说明清楚才行。"

修平盯着纸袋中的药，问："这个药真的能控制果波的症状是吧？"

"至少不会让她在人流时失去控制。"

修平沉默地盯着药物。

"修平？"一个声音传来。果波出来了。矶贝和修平都吓了一跳，赶紧看向走廊。两人都完全没有注意到卧室的门开了。矶贝怀疑果波会不会听到了他们刚刚的对话。

"果波。"修平早已站了起来，他搂着果波的肩把她带到餐桌前，"矶贝先生好像有话要和你说。"

"什么呀？"果波不安地问。

夫妻二人坐下后，矶贝就药物疗法开始说明。果波眼神茫然，一动不动地看着矶贝。解释对胎儿的致畸性时中村久美的人格也没有出来，矶贝最终得以详尽且恳切地完成了说明。

"喝了这个我就会好是吗？"果波确认道。

"是的，不会有被人附身的感觉。"矶贝说。他突然意识到，这同时也意味着保护胎儿的人格将不复存在。

"我知道了。"果波说，她走向厨房，接了一杯水回来，"可以现在喝吗？"

"嗯。"

一旁的修平看着妻子，一副欲言又止的样子，但是他终究什么也没说。果波用纤细的手指打开纸袋拿出药物。矶贝只能沉默地看着。

果波把药放在手心，另一只手端起水杯，翻起眼睛看着矶贝："医生。"

"怎么了？"

"您以前是在妇产科对吧？"

矶贝不确定自己是否向果波提起过自己的那段经历，不过他还是点点头。

果波把药放在桌上，把手贴在下腹："肚子有点奇怪。"

"奇怪？"矶贝脑中闪过中村久美的死因 —— 正常位胎盘早期剥离，其前兆便是下腹剧痛和出血。但是果波孕期还早，应该不会出现这种情况。"具体是什么样的感觉呢？"

果波低头看着自己的腹部，说："肚子里噗噗的……像是泡沫破裂的感觉。"

矶贝愣住了。果波是孕期第十六周，虽然就首胎而言确实有点早，但并不是不可能。

"是什么呀？"果波问。

矶贝看着修平。修平也担心地等待着矶贝的回答。矶贝略微有些犹豫，他说："胎动。"

"胎动？"

"肚子里的孩子动了。"

"欸？"果波一时语塞，她伸出双手抚摸着腹部。

修平低头看着地板，看样子似乎有些难过。果波看着他，眼中满是依赖。

矶贝在想自己是不是离开比较好，夫妻间似乎有些话想说。

修平的手伸向桌子，他将药盒装回纸袋，有所遮掩地对果波说："药先不喝吧，有些事想和矶贝医生确认一下。"

果波轻轻点头。

修平把矶贝带到玄关旁的一个小房间。房间里摆着书架和电脑等，看样子应该是修平的工作间。

"矶贝先生，我最后向您确认一次。"修平无助地说，"您确定果波真的不是被附体而是精神障碍吧？"

"嗯。"

"原因是人流带来的纠葛。"

"对的，放弃人流果波小姐应该就能好。"

"不喝那个药也能好？"

矶贝点点头。

"也许是我错了。"修平带着哭腔，露出淡淡的笑容，"不该让她把孩子打掉。"

矶贝抬起头，等待着修平接下来的话。

"让果波把孩子生下来吧，我决定了。"

矶贝明显感觉到身上的重压在迅速减轻，接着又担心起夏树家的经济情况，但是他觉得现在不是说这些的时候。

"我尊重你们的决定。"矶贝说，他还是没能控制住自己，声音明显轻松了不少。矶贝看向客厅的方向，说："不去告诉果波吗？"

修平微微一笑，但是很快他的笑容就僵硬了。门外传来玻璃摔碎的声音。矶贝和修平四目相对，立即冲出房间。

客厅的地板上，玻璃杯碎落一地，飞溅的水滴顺着桌腿缓缓向下流。果波背对着落地窗，一动不动地站着。看见果波的样子，矶贝顿时失语。她的皮肤毫无血色，脸色苍白，嘴唇发紫。长发背后，她的眼睛向上翻起，紧紧盯着前方，宛如一具死尸。

矶贝第一次感受到对患者的恐惧，同时感到一阵绝望。附体状态的果波手中捏着装有药物的纸袋。

"用这几颗药就想把我赶走？"女人尖声说。袋子已被她捏破，白色的药剂散落在地板上。

"不是的。"矶贝冷静地说,"没有那个必要了。"

修平接着说:"不做人流了,把孩子生下来吧。"

"你骗不了我。"女人微弱的声音宛若无尽的悲叹,"我很碍眼吧?只要我在你们就害不了宝宝,所以要把我赶走。"

"不是!"修平大吼,"我不骗你。拜托了,让我和果波说说话,我想亲口告诉她。"

"已经晚了。"附体人格的眼中闪着冷光,"我不可能让果波喝这个药,所以我已经完全占据了这副身体。"

"什么?!"

修平反问,矶贝立即打断他,说:"夏树先生说的是真的,你什么都不用担心了。不相信的话,我证明给你看。"

女人沉默着,一动不动地盯着矶贝。

"我们将结束对果波小姐的治疗,我将不会作为一名精神科医生来这儿。"矶贝边说边迅速计算时间,"六个星期后,过了二十一周的可人流时间我再以妇产科医生的身份过来问诊,怎么样?"

女人发出洞穿一切的眼神,然后蹲在地板上捡起一块玻璃碎片。

矶贝感到后背汗毛直立。女人露出浅笑,比画着用玻璃碎片割破手腕的动作。鲜血汩汩涌出,用绝望的眼神看着自己的户田麻衣子的样子再次浮现在脑海中。

"要是你们敢打什么歪主意,场面可就没那么好看了,懂吗?"

女人意味深长地说，矶贝已经没有了继续回应的力气。

4

附体人格和矶贝的话似乎没有办法虚假。修平做了撤销人流的决定后，妻子一直处于附体状态，矶贝也再没来过驹込的公寓。

"到底怎么回事？"修平连着几天每天都给矶贝打电话，他有一种大敌当前的焦虑，"果波的人格似乎完全消失了……"

矶贝建议他："要彻底让她相信不做人流的决定，告诉她进入二十二周后就可以完全放心了。"

"好。"

"还有，你可以做一些育儿的准备，比如准备生产，然后邀请中村久美的人格和你一起做。"

但是这个建议实行起来却困难重重。夫妻俩的存款余额只有几万日元了，修平完全放弃了自己的尊严与坚持，向静冈的父母寻求支持，最终获得了五十万日元的援助，但是算上房贷和生活费，最多只能支撑两个多月。

修平几乎每天都到各合作方露脸，请他们多给自己工作，不管多么无聊的工作都全盘接下来。与此同时，他开始考虑能不能把公寓租出去。和房产中介商量后，每个月大概能有十五万日元的收入。这样至少能还上房贷。但是这样也有个问题，把房子给别人住，修平好歹也算是个房东，一边做着写手的本职工作，一边还要应对房客的维修等其他问题，自己能否处理得过来？而且，虽然说经济不景气，但是都内的公寓建设却一直在继续，现在已是供过于求的状态，能不能找到租客是一个根本性的问题。

努力解决经济问题的同时，修平注意到矶贝的建议奏效了。附体人格不再像以前那样疯狂购入婴儿用品了，也许是意识到要生养孩子需要确保最低限度的经济能力。此外，附体人格的攻击性行为和言辞也消失了。不知道是考虑到对胎儿的影响，还是对修平产生了信任。不管怎样，修平总算可以放心地出门工作了。

虽然工作收入不高，但是忙着采访和写作，时间不知不觉就过去了。如此认真地投入工作还是第一次。决定让果波把孩子生下来后，当爸爸的感觉越来越真实。走在路上，视线会不知不觉地看向孩子们，自己和果波的孩子即将来到这个世界。跟着那孩子的一哭一笑而一喜一忧的日子越来越近了。修平想象着孩子的样子，以此激励自己。绝不能让妻子陷入不幸，一定要做好力所能及的事情。

矶贝所说的第二十二周竟然马上就要到了。想象着治愈后的果波，修平心中兴奋不已。想起以前也体会过相同的喜悦，突然觉得很奇妙。曾经也有一次，自己想象着健康的妻子满心欢喜。

是什么时候呢？

在去采访的电车上，修平陷入沉思。他搜寻着记忆，究竟是什么时候呢？是从仙台回来的那天晚上，他突然想了起来。附体人格假装成果波的样子，骗他说病已经好了。

修平突然战栗不已，自己是不是被附体人格算计了？她在自己的鼻头吊了一根胡萝卜，从而实现对自己的控制。

他想起另外一件事情——肌肤相亲的幸福。果波给自己缠上围腰的那个下午，那个接受了自己的沉稳的人格，会不会只是利用性诱惑促使自己改变主意？回想心路历程，这两件事对于自己做出放弃人流的决定有着不可否认的影响。

修平顿时感到恐惧。这份恐惧进一步演化为一个双层陷阱并威胁着修平。如果矶贝说得没错，那么捉弄修平的附体人格也是果波的自身意志产生的。也就是说，妻子心底还藏着一个极为狡猾的女人。

修平对女人这一性别震撼不已。她们能轻易看透男人的心思，对男人的弱点了如指掌，她们佯装成受害者，实则早已成为加害者。

自己的妻子，果波这个女人，此刻会不会已经毫无遮掩地露出了自己与生俱来的利牙？那是力量上处于下风的女性独有的策略。

得反击才行，修平想。办法只有一个，珍爱这个为了保护孩子而不择手段的妻子。

电话响了。

矶贝早有预料。夏树果波今天迎来了第二十二周的孕期，时间是上午八点。

矶贝此刻正坐在餐桌前，他叫住妹妹美穗，自己拿起电话。

"我是夏树。"修平的声音传来，"抱歉这么早打扰你。"

"没事。"修平听上去很着急，矶贝有一种不好的预感，"果波小姐怎么样？"

"没有任何反应。"修平说，"昨晚日期变化的时候没有，今天早上也没有。"

"一直是附体状态吗？"

"是的，果波没有回来。"

怎么会这样？对于夏树果波而言，人流的威胁应该已经没有了。虽然不会马上痊愈，果波的人格会逐渐回来才对。为什么附体状态没有解除？"今天在家吗？"

"上午在。"

"我现在过去。"

"你可以来吗？"修平似乎有点担心，"会不会刺激到附体人格？"

"我以妇产科医生的身份过去。"

"好的，拜托了。"

矶贝匆匆吃完早饭离开了家。他很快又折返，打开自己房间的衣柜。

"你找什么呢？"妹妹在门口问。

"血压计。今天开始妇产科的诊查。"

没找到血压计，看来得去趟医院。"给，血压计。"美穗拿着血压计过来。

矶贝接过血压计，突然问："你怎么会有这个？"

"因为你身陷离婚纠纷中的妹妹担心自己的身体健康。"美穗说。

"别怕，你很健康。"矶贝摸了摸妹妹的头，匆匆离开。

前往驹込的路上，一个念头突然闪过：会不会是自己误诊了？夏树果波并不是分离性障碍，而是妄想性障碍？但是这样根本无法解释镇静剂为什么会有这么好的效果。只有一种可能，夏树果波的意识中还有矶贝未曾发现的其他纠葛。

到了夏树家后，修平把他带到客厅，附体状态的果波也在。看到对方带着敌意的表情，矶贝意识到自己已经忘记了果波原来的样子。

"今天是一名妇科医生？"中村久美的人格说。

"嗯，和上次说的一样。"矶贝故作平静地拿出血压计。看来只能利用诊查的时间沟通了。

果波的血压一切正常。"希望能测一下体重……"矶贝还没说完，对方就递过那本写着中村久美名字的《母子健康手册》。上面详细记录了过去三个月的体重变化。

矶贝甚是感叹："记录得非常详细。"

"能把血压也记上去吗？"附体人格要求。

矶贝边记录边说："还有尿检，需要去医院，一个月一次。"

"我不。"女人直截了当地说。

"为什么？"

"医院有过不好的回忆。"

"什么样的？"

"就算定期检查，结果还是没发现我的问题。"

似乎是中村久美的记忆。她重提自己正常位胎盘早期剥离的遭遇。

"你准备在里面待到什么时候？"矶贝问，"能不能快点从果波小姐体内出去？"

"你在跟谁说？"

"你能不能不要想当然地拒绝检查？不注意尿液中的蛋白质和糖，就算患上妊娠中毒症也发现不了。我们已经决定不做人流了。"

"你骗人！医院里肯定有一群人等着给我做人流。"

"你在说什么？现在做人流属于堕胎，那可是犯罪行为。你不用担心这个了。"

"所以我说你骗人啊。"女人低下头，眼球向上翻起，意味深长地盯着矶贝，"就算过了二十二周，还不是照样有人做。"

矶贝差点失去理智。难道自己给女高中生做的人流被她发现了？他告诉自己不要疑神疑鬼。她刚刚的那句话或许隐藏着附体至今没有解除的原因。"你害怕堕胎吗？"

女人嘲讽地说："不是有医生专门靠这个赚钱吗？"

"放心吧，我们医院不会做这种事情的。"

"谁知道呢，休想再骗我。"

矶贝抓住这句话继续问："再？什么意思？你以前被骗过吗？"

女人只是露出轻蔑的笑容，一句话也没说。

矶贝有一种直觉。她说的事情应该与"那个男人"有关。如果说果波心中还隐藏着未知的纠葛，那应该和"那个男人"有关。

矶贝在停车场前的小花园坐下。发现妻子的情况没有好转，修平似乎有些气馁。

"刚刚的话里我也注意到了。"修平直接说，"中村久美的人格好像在担心我们会陷害她，担心我们找个借口把她骗去做人流。"

"对，可以说疑心特别重。这个问题不容忽视。"

"怎么说？"

"她不愿去医院。我担心果波小姐身体不适的时候，附体人格会拒绝治疗。"

修平闭上眼睛，长长地叹了一口气。面对一个接一个的难题，他似乎非常无奈。

"最后再坚持一下。"矶贝鼓励道，"接下来需要注意的是妊娠中毒症，只要防止这个，生育的风险就会大幅下降。"

"妊娠中毒症是什么病？"

"各种症状综合到一起叫妊娠中毒症。一般认为是胎盘和胎儿等母体的异物分泌出某种中毒物质，但是原因不清楚。只要及时发现就没问题。"

修平继续沉着脸说："我有一个不好的预感。"

"什么？"

"中村久美的死因，正常位胎盘早期剥离？"

"嗯，医生一般简称为早剥。"

"果波会不会也有相同的问题？"

矶贝下意识地看着修平，说："因为中村久美的人格附体在果波小姐身上？"

修平点点头。

"不可能。不是说早剥一定不会发生，而是说就算发生也只是偶然。"

"但是……"修平继续说，"以前中村久美曾详细提到过早剥的症状对吧？"

"嗯。"

"如果果波是精神障碍，为什么会对这个病那么了解？就像是自己得过一样。"

"可能是查了文献之类的吧，那篇报道，《K和N的悲剧》里也写了中村久美的死因。果波小姐应该是看到这个然后想象了中村久美死前的感受吧？"

修平虽然点了点头，脸上仍半信半疑。

"话说回来，附体人格为什么不信任医院？我觉得应该有什么特别的原因。具体来讲，应该就是附体人格之前提起过的中村久美的交往对象。"

"'那个男人'？"

"嗯，需要注意今后附体人格会不会提起那个人，他身上可能有解除附体的线索。"

"好的。"修平憔悴地说。

5

矶贝回去后，修平回到家里。附体状态的妻子把自己关在卧室。修平坐在空无一人的客厅，反复咀嚼矶贝的话。

果波究竟是不是精神障碍？他仍旧无法消除这个疑惑。曾经相信的那个结论也因为附体症状没有好转而再次动摇。

能不能找到什么切实的证据？修平突然抬起头，他有一个计划。他观察着卧室的动静，没有任何声音。那个女人应该在睡觉。现在正是悄悄实施计划的好时机。

修平环顾四周寻找着隐藏录像机的地方。电视、沙发、餐桌与椅子、将厨房与客厅隔开的吧台桌……修平突然发现家中竟然如此简陋。搬家后没多久果波就病了，完全没时间购置家具。

修平来到吧台桌后，头上是带着玻璃柜门的餐具柜。从外侧看去，由于玻璃表面的反射，看不清柜子里的东西。

修平很满意这个地方，他蹑手蹑脚地走进工作间。平时派不上用场的调查工具中，有一个便携式的录像机。他插入磁带，确认遥控器能正常工作后回到客厅。

他悄无声息地将录像机放置在餐具柜里。以防万一，他试了试拍摄角度，几乎整个客厅都出现在了广角镜头拍下的视频中。

修平回到沙发上，打开电视。他把录像机的遥控器握在右手，确保自己随时可以按下开关。顺利的话，或许可以找到证据证明妻子的症状不是精神障碍，而是超自然现象。要是拍下撕裂的裙子凭空出现的灵异现象，矶贝也不得不承认果波被附体。

修平坐在电视前，等待着妻子从卧室出来。

矶贝很担心修平的状态。修平已经开始相信妻子的症状是人格附体。现实认知能力下降是精神障碍的征兆。修平操心过度，已经快撑不住了。

回到家后，矶贝在脑中回想着果波迄今为止的病情发展，也难怪修平的心思会向灵异现象方面倾斜。一开始答应给果波治疗时，矶贝认为心因性的附体障碍反而好办。因为一般情况下，要比精神病性的妄想障碍更容易治疗。但是现在看来，不得不说，自己当初没有充分认识到果波症状的严重性。在那间公寓中等待矶贝的，其实是没有前例的极为异常的附体病例。

矶贝不顾妹妹正在打扫房间，在窗边的写字桌前坐下，开始阅读从图书馆新借来的资料。那是关于西欧神秘主义的书，是专业的学术著作，上面记录了教会对于附体现象的官方见解。读完后矶贝发现，上面建议病人在开始驱魔仪式前首先要接受精神科医生的诊断，虽然是宗教团体，但是处理方式相当理性。继续读下去，上面写道，被附体的人能够"发现秘密的、未被知晓的信息"，这是判断是否真正属于被附体的一种表现。

夏树果波表现出的奇妙的洞察力 ——

这是矶贝一直耿耿于怀的夏树果波的奇怪表现，像是有了透视能力和精神感应能力一般，能够一下说中根本不可能得知的事情。

矶贝继续查看被附体的具体例子，他发现被附体的人发挥类似超能力的例子并不少见。有的例子甚至提到了物体凭空移动的诡异现象——那可能是被附体者的念力。

矶贝想起修平提到的异常现象，突然出现在门上的破碎的裙子。

这真的可能吗？矶贝警惕着不让自己的理性卷入非理性的世界，开始慎重地考虑这个问题。回想起来，自己工作的综合医院简直就是个怪谈的宝库。兀自降到地下太平间的电梯、深夜的脚步声、从空无一人的病房打来的呼叫……出于立场原因，医生们不能公开讨论这些灵异现象，但是从护士们的话来看，大多数都属于超自然现象。矶贝直接听到的一个是内科病房驱邪的故事。住进某个单间病房的患者们相继表示自己看到了中年男性的幻影，要求转移到集体病房。负责解决这个问题的事务长和护士长费尽了心思，最后选择自掏腰包请来祈祷师。据说驱邪仪式后，就再也没有患者反映过这个问题。

互相不认识的住院患者异口同声地表示自己看到了中年男性的幻影，这确实不可思议。而且事发前不久，确实有一个中年男性患者在那个病房病逝。

矶贝立即回到卧室，从书架上找出一本研究濒死体验的书。之前曾简单翻过一遍，然后就再也没有打开过。濒死体验指的是人在心脏停跳、昏睡等生命垂危的情况下所感受到的意识异变。比如眼前出现发光的隧道啊，三途河之类的，有的还会与死者重逢。濒死体验这一研究领域是现代科学和超自然现象正面交锋的最前线。

看完后矶贝觉得，虽然科学家们付出了很多努力，但是这一现象仍然有很多未解之谜。矶贝比较关心的是在保证了科学客观性的基础上进行的各种心灵实验的结果。奇怪的是，实验中必然会出现正反两个方面的证据。实验结果非常暧昧，根据实验者的不同解释既可以得出肯定的结论，也完全可以得出反面的。指出这一问题的是心理学家威廉·詹姆斯，这一现象也被称为"威廉·詹姆斯法则"。如果是这样的话，矶贝遇到的问题就没有任何办法。

对于夏树果波的异变，矶贝找不到任何客观证据。

卧室的门打开了，应该是附体状态的果波出来了。

修平按下遥控器的拍摄键。等了很久，太阳已经快下山了。担心室内光线太暗，把遥控器装进裤子里的口袋后，修平打开了电灯。

妻子走进客厅，是毫无血色的中村久美的样子。她穿着宽松的连衣裙，腹部隆起。附体人格和往常一样，对修平视若无睹，径直向厨房走去。修平担心录像机会不会被发现，但是女人并没有看向餐具柜。

"晚上的菜没有买。"修平故意用使坏的口气说，"要做饭的话自己去买。"

站在冰箱前的女人回过头来，脸上露出冷漠的笑。她似乎对修平的态度感到好奇："今晚很强势嘛。"

"我已经受够了，你能不能别自导自演了？"

"自导自演？"

"你是夏树果波，不是什么中村久美。"

"我应该给你证明过了。"

这正是修平想要的："那种骗小孩子的把戏，你觉得我会相信吗？要真是被附体，就拿出更明显的证据！"

"什么证据？"女人眯起眼睛盯着修平。

见到女人洞察一切的视线，修平畏缩了。

女人露出鄙视的笑容，准备出门。

"等等！"修平果断走到女人背后，抓住她的肩膀让她面对着自己。女人的脸越发苍白。

"你在害怕什么？"女人嘲讽地说，"那么怕我吗？"

"我才不怕你，你不是什么幽灵，你是我的妻子。还是说……"修平鼓起勇气挑衅对方，"你坚持要说自己是中村久美那个可怜的女人？那个在神社里独自死掉的惨兮兮的孕妇？不就是想赚别人的眼泪嘛，你适可而止吧！"

女人脸上没有了任何情绪，瞳孔浑浊不清，宛如一具尸体。她伸出手，轻轻捧着修平的脸颊。

"要不……我让你尝尝被附体的滋味？"女人轻声说。

"你倒是试试。"修平小声挑衅。

随后，修平感到一阵来历不明的冲击，视线开始晃动。和那个时候一样……身体姿势被迫改变，上半身瞬间弯曲。背后没有感受到任何压迫感，却有一个巨大的力量把自己向前推，他必须得站稳脚跟才能防止自己倒下去。抬起头，本来在眼前的女人却不见了踪影。女人已经后退了两米，瞬间移动到了门前。

看着眼前诡异的现象，修平目瞪口呆。他很快注意到女人脸上的变化，顿时汗毛直立。她头发凌乱，脸颊出现暗黑色的瘀青，嘴角流有血迹，宛若一具怨灵。除了血，女人脸上还有其他液体——眼泪。女人双眼红肿，好像是才停止哭泣。

发挥超自然能力时，本人也受到了肉体上的损伤吗？还是说……

休想再骗我！

女人的声音在脑海中闪过。矶贝试图打探的"那个男人"……一个疑问浮上心头，中村久美生前会不会因为打孩子的事情受到了男人的虐待？女人脸上的伤好像非常严重，修平不禁担心起来。虽然是中村久美的人格，但是怀着孩子的，是果波的身体啊。

"你没事吧？"修平抬腿向女人走去，脚底突然传来一阵剧痛。他尖叫着后退，地板上到处都是玻璃碎片。发生什么了？看着脚下的景象，修平顿时大惊失色。原本放在电视上的相框已经四分五裂。不仅如此，地板上插着一把刀，将修平和果波的照片牢牢钉在地上。望着刺穿果波脸部的菜刀，修平觉得浑身的血液仿佛冻僵了。

"满意了吗？"

女人的声音响彻整个房间。修平抬起头，中村久美的人格转过身去，离开了客厅。

修平根本无法动弹。过了好一会儿，他才缓缓看向厨房。餐具柜上的录像机肯定从头到尾记录下了刚才发生的诡异现象。

终于平静下来后，修平走向柜台。录像机仍在拍摄，修平立即倒带，从拍摄的时间开始回放。他担心女人那不可思议的力量会不会影响到视频，好在显示器中的画面并没有发现异常。视频开始时，客厅一片漆黑，修平开灯后画面顿时明亮。

附体状态的果波走进客厅。修平屏声息气地盯着录像机屏幕。不久后他就看到了难以置信的一幕。看完所有视频，修平止不住地浑身颤抖。

录像机记录下了完全无法想象的异常情况。

电话响了，美穗接起。过了一会儿，正在吃饭的矶贝听见她说"我叫我哥过来"，于是起身离开餐桌。

"是夏树先生。"

矶贝接过电话："你好。"

"我是夏树。"不知道怎么回事，对方的声音没有任何起伏，"有件事情想拜托您。"

"什么？"

"我今晚能去你家住吗？"

"为什么呢？"矶贝下意识地反问。难道要把病中的果波弃之不顾？

修平一改毫无起伏的语气，顿时大叫："太可怕了！我受不了了！果波真的被附身了！"

"冷静点！发生什么了？"

修平思绪混乱，他说自己已经离开公寓，是在路上打的电话，然后才终于谈及视频录像的原委。

"你拍到了什么？"

"说也说不清楚，我拿给你看吧。"

"好，你先过来吧。"

矶贝挂掉电话，告诉妹妹修平要来，要赶紧吃完饭收拾好。修平家距离这儿只有几个站，修平应该不到三十分钟就能过来。

话说，视频里究竟有什么？难道拍到了幻影？

修平可能是坐了出租车，不到十五分钟就到了。他脸色苍白，本就消瘦的脸庞又变了一副模样，可以说更加凄惨了。一般人见到应该会认为他是被什么附体了吧。

"您吃晚饭了吗？"

美穗礼貌询问。修平摇摇头，他表情复杂，似乎在刻意忍耐腹中的恶心："现在什么也不想吃。"

"给我看看那个视频吧？"

修平点点头，环视一周矶贝的住处。

"用里面那个电视放吧。"矶贝说。修平帮忙把录像机接到电视上。

一切准备就绪后，修平抱歉地说："可以的话，我想只给矶贝先生看。"

"啊，好。"美穗毫不介意地说，然后离开了客厅。

"那我放了。"修平按下播放键。

矶贝身体前倾，认真地注视着电视屏幕。

夏树家的客厅。

修平开灯后，果波走了进来。从举止上看，应该处于附体状态。过了一会儿，修平故意挑衅附体人格，大吼："你适可而止吧！"女人听到后顿时换了一副表情，轻声说："要不……我让你尝尝被附体的滋味？""你倒是试试！"修平回应。

"从这儿开始。"身旁的修平盯着屏幕小声说。

乍一看没有发生什么特别的事情。但是，当站在果波面前的修平动起来后，矶贝立马发现了异常。修平转身后，脸上没有了任何情绪。他面部肌肉松弛，仿佛戴上了一副能剧[1]面具。修平朝着设有摄像机的厨房缓缓走来。他身后站着的，是茫然无措的果波。从她恐惧的样子来看，那明显是夏树果波，不是中村久美。

进入厨房的修平一度离开画面。再出现的时候，右手握着一把菜刀。

"修平？"果波细声问，"你要干吗？"

修平没有回答，他拿起电视上的相框。果波冲了过来。修平转过身来，开始殴打果波。他一拳打在果波的嘴角，果波蹲在地上，但是修平并没有停止自己的暴力行为。他依旧面无表情，一把抓住果波的头发迫使她抬起头，然后一拳拳打在她的左脸上。

"不要啊！"果波痛苦地叫喊着，双手护住下腹倒在地上，"肚子里有宝宝啊！"

1　日本的一种戏剧种类。——编注

修平用脚推开果波，把相框摔在地上。相框七零八碎。在遍地玻璃碎片中，修平找到照片，对准果波的脸一刀扎下去。

可能是终于受不了丈夫的暴行了，果波号啕大哭。她双手护住下腹，发出孩子般的哭声准备出去。修平站起来准备追上去，走到客厅中央时突然停了下来。下一个瞬间，果波转过身来，中村久美的表情重新回到她的脸上。修平本来是一副准备追赶的姿势，这时突然直起身体愣在原地，一动不动地盯着眼前的妻子，似乎完全不知道眼前发生了什么。

修平关掉录像，捂着脸说："看见了吗？被附体的时候发生了什么，我一点记忆也没有，所以眼前的事情就像是瞬间发生的。"

矶贝点点头，一动不动地盯着漆黑的电视屏幕。

"这下您明白了吧？中村久美的人格离开果波，转移到了我身上。"

"我觉得不是。"矶贝说。

修平惊讶地看着他。

"这是附体型感应性精神病。"

"什么？"

"感应性精神病。"矶贝重复道，"和精神障碍患者生活的家人等，会与患者有类似的妄想。"

修平顿时语塞。

"你可能会觉得这是天方夜谭，但是在精神医学中，感应性精神病是广为认同的病症。"

"等一下，你是说果波的精神障碍传染到了我身上？"

"表面上看是这样。具体来讲，是夏树先生你给自己下了暗示。暗示自己附体在果波身上的人格转移到了自己身上。"

"可是我完全想不起被附体的时候发生了什么。"

"那是健忘，一种记忆丧失的症状。"

"那么为什么我被附体的时候果波恢复了呢？这几个星期果波从来没有恢复原来的人格。"

矶贝并没有动摇："因为夏树先生的变化给果波小姐下了暗示，暗示中村久美的人格从自己身体里出去了。"

"我还是不相信。"修平小声说，"如果我有那个病的话，我的脑子里发生了什么？"

"那是心因性的精神症状，应该没有能检查到的变化。"

"是不是说这只是你的解释，没有证据？和附体是一样的性质。"

"嗯……是的。"为了缓和紧张，矶贝用平和的语调说，"人们过于迫切地把精神医学归为一门科学，对于无法解释的现象也会试图强行解释。要是现代的精神科医生穿越时光见到耶稣，肯定会将眼前的青年诊断为妄想性障碍。那些证明自己看见了耶稣奇迹的信徒就属于有了相同幻想的感应性精神病。"

"医生本人也目击了奇迹的话呢？"

"应该会说自己也患上了感应性精神病吧。"

修平目瞪口呆地摇头："比起幽灵的解释，你这个说法更难让人相信……"

"我理解你的质疑。自弗洛伊德之后，有关神经症的理论确实没有明确的依据。但是，这些理论治好了很多神经症患者也是一个事实。退一万步讲，就算医生认可那些以奇迹的存在为前提的理论，也绝对不会采取那些治疗方式。治愈率完全不同。"

"你要这么说……"修平隐忍的声音中透着敌意，"为什么果波一直治不好？你看了这么久了，她的症状一直在恶化。"

矶贝压抑住内心的愤怒，没有与修平针锋相对。他终于知道修平为什么拒绝科学的解释了。过了一会儿，矶贝觉得还是该指出修平的错误，不然他搞不好会把妻子带到祈祷师那儿。"我觉得你是个强大的人，我就直说吧。你那些被附体的举动，全都源于你自己的内心。剪碎礼服是，把菜刀插在果波小姐的照片上也是。"

修平脸上带着怒气。那是拒绝解释引发的隐性感情，矶贝分析。

"你的意思是殴打果波也是我自己的意志？"

"无意识的意志。是这样的，人如果对他人动情，就会同时产生正反两个方面的感情。比如我们不会对自己根本不在乎的人产生任何嫉妒情绪是吧？夏树先生为了治好果波付出了最大的努力，但是对方却一直对你采取攻击性的态度。这些不满在你心里不断累积。"

修平似乎很恼怒，但是什么也没说。

"尤其是夏树先生你们之前夫妻关系特别好，连架也没有吵过。相互没有感情宣泄的方式，结果导致了这样的事情。还有一点，因为情况实在太特殊了，有了一个容易产生暗示的环境。"

"你是指中村久美死了这一点吗？"

"是的。"见修平重新恢复理智，矶贝一鼓作气继续说，"你的感应性精神病，可能在仙台的时候就已经开始了。"

"欸？"修平抬起头，他似乎很意外。

"你晚上在神社听到的猫叫，猫咪生产的时候不会发出发情期那样的声音。"

修平诧异地看向矶贝："那我听到的婴儿的哭声是什么？"

"应该是暗示下的幻听。"

"不可能，我的确听到了。"修平的焦躁似乎变成了恐惧。他的眼珠左右转动，应该是在思考什么。过了一会儿，他说："应该有证据。"

"什么证据？"

"去神社的时候，我带了录音机。听到哭声的时候，机器肯定有了反应。"

"回到东京后你重新听过吗？"

"没有，我以为那肯定是猫叫。"

"我觉得录音机应该没有录下任何声音。"

"我确认一下。"修平果断说。他终于不再盲信超自然现象，表现出的是一种要解开真相的理性态度。矶贝点点头，希望这能扫清他的疑虑。

修平收拾好摄像机，简单道谢后离开了矶贝家。

在玄关送走修平后，矶贝也难免惆怅。就算在精神科医生看来，那个视频也足够骇人。丈夫面无表情地殴打着怀有身孕的妻子，把刀尖插在照片上，插在妻子的笑容上……

修平曾经说过，那件珍珠色的礼服是妻子的宝贝。剪烂它时，修平肯定也是面无表情的吧。

夏树修平已经对妻子产生了矛盾情绪，他在两个极端间摇摆不定。爱与恨、怜爱与无情……

一切结束之后，这对夫妻或许会分开，矶贝猜测。

修平回到家，附体人格好像已经睡了，屋内的灯都关了。修平走进工作间，从存放录像带的架子上拿出一盒磁带，上面写着"仙台　子安神社"。虽然屋顶的荧光灯亮着，修平仍感觉自己突然陷入了一片黑暗。他顿时觉得不安，赶紧打开台灯。

他将磁带放进录音机，开始倒带。咔嚓一声，磁带停在最开始的地方。

按下播放键。只要录音中出现婴儿的哭声，矶贝就不得不相信自己。没想到的是，他刚竖起耳朵，却在一片寂静中听到了一个完全出乎意料的声音。那本来应该是修平的脚步声和衣物摩擦的声音，或者是自己切实听到的婴儿的啼哭声。但是这些声音都没有录下，一片诡异的寂静中，只听到女人痛苦的呻吟。

修平思维顿时僵住。他已经失去了按下暂停键的力气，房间里回荡着女人苦闷的呻吟。过了一会儿，修平终于意识到这是什么声音。这是中村久美临终时的声音！是胎盘逐渐剥落时的悲鸣！机器捕捉到的，是在夜晚的神社中回荡着的另一个世界的声音。

修平按下暂停键。一定要让矶贝听听，他想。就在这时，女人的呻吟再次在耳边响起。他大惊失色地盯着录音机。

机器没有转动。可是女人的声音却一直在房间回荡。找到声音来源的修平立即跑出房间经过走廊冲进隔壁的卧室。他在墙上摸到开关打开灯，床上的妻子正捂着下腹发出痛苦的呻吟。

那个声音和磁带中的一模一样。

修平僵在原地，一动不动地望着妻子在临终前不断地痛苦呻吟。

第五章

遗 志

1

这一个多月的时间里，修平记不清自己和矶贝争论了多少次。

那天晚上，得知果波身体有异样后，矶贝带着妹妹美穗马上赶到了修平家。经检查，并没有在妻子身上发现妊娠中毒症的症状，也没有下腹出血的早剥症状。矶贝建议办理医疗保护入院手续，到医院接受更加详细的检查。只要采取这个措施，就算没有患者本人的同意，也可以根据医生和家人的判断安排住院。

"正常位胎盘早期剥离……"矶贝严肃地说，"有时候不一定和妊娠中毒症并发，千万不能大意。"

看着精神科医生心急如焚的样子，修平再次认识到对方的认真，他是真心希望能把果波治好。但是修平还是拒绝了住院的建议。因为附体人格不同意。要是她产生误会，以为住院是为了做人流，情况只会更加糟糕。这是再明白不过的。

最后，修平努力说服矶贝，决定先观察情况。但是他答应矶贝，要是果波出现出血症状立马让她住院治疗。因为一旦出现出血的情况，毫无疑问，母婴的生命都将受到威胁。

从结果来看，果波身上什么也没有发生。第二天没有，第三天也没有。但是，身为护士的美穗认为，附体状态下的果波可能是忍着下腹疼痛，没有表现出来，目的是不让周围的人察觉到。

矶贝继续劝说修平让果波住院，修平则继续反对。该如何处理果波的情况，修平在科学与非科学间摇摆不定。他给矶贝听了那个在仙台的神社中录下的诡异的声音，但是矶贝认为那是附体人格设下的诡计。她在工作间找到磁带，然后录下了自己的声音。他的依据是：如果这是在神社录下的声音，怎么会没有任何背景音？

修平对此也无法反驳。由于一切都缺乏证据，妻子的附体现象究竟是怎么回事，真相再次悬在半空。如果是超自然现象，那就应该请祈祷师驱邪。可如果是精神障碍，驱邪仪式就会导致病情恶化。修平完全陷入了进退两难的境地。但是不管怎么样，只要附体状态不解除，就没办法检查和治疗原因不明的腹痛。

修平投入工作的时间更多了。他自己也知道这不过是一种逃避。去采访调查的时候，工作结束后疲倦地回到家的时候，坐在电脑前写稿子的时候，罪恶感时时刻刻都围绕着他。你是不是还有其他事情要做？为了救下果波和肚子里的宝宝，你真的尽力了吗？

疑问的尽头，等待他的是矶贝提到的矛盾情绪。自己曾经是爱果波的，这一点毋庸置疑。但是现在呢？还爱果波吗？他觉得是爱的。但是那个答案来得太简单，反而难以说服自己。他觉得那可能是轻浮的爱，是男人勾搭女人时的那种廉价的爱。

让修平更加心灰意冷的，是果波。如果果波那个附体人格是果波的意志产生的，那么也就是说她心里也对自己产生了矛盾情绪。她借中村久美之口对修平不断发泄自己的憎恶，还有轻蔑。两人用积木辛勤搭建起来的安息之处，现在已经摇摇欲坠。

生前的中村久美应该也一样吧，修平心想。和恋人共同畅想的幸福，随着自己的怀孕而瞬间分崩离析。因为两个人太年轻，因为还没有结婚，就因为这些理由……

修平觉得自己和果波还有时间。果波和肚子里的孩子都还活着，就这样什么也不做等待灭亡，完全是懦夫的行为。

矶贝耿耿于怀的"那个男人"，命令中村久美做人流的恋人……矶贝曾经说过，果波的附体现象一直没有解除，其原因可能和这个男人有关。或许这个男人手握着什么与中村久美有关的、修平和矶贝还不知道的事情。

修平回到工作间，重新查看那篇报道的剪报和自己的调查笔记，上面都没有与男人有关的线索。但是修平觉得，用当初调查中村久美时的办法或许能找到这个男人的消息。

修平打开剪报准备确认中村久美和男人当时上的大学。打开剪报后，他注意到一个不祥的日期。

11月9日。

距离中村久美的忌日只有三个星期。

矶贝早早来到精神科医局，等候医局长的出现。他准备向医局长申请延长休假。他估计，握有最终决定权的精神科教授，应该最长可以批准半年的休假，还有三个月。那个时候夏树果波即将迎来预产期。在果波顺利完成生产前，他希望能把所有精力都放在她身上。

矶贝打开手账准备确认果波正确的妊娠周数，盯着日历看时，突然注意到一件奇妙的事。夏树果波现在怀孕二十六周，中村久美死亡的时候是怀孕二十九周。忌日应该是11月9日，也就是三周后。

难以置信的巧合。11月9日正好在夏树果波的第二十九周孕期。也就是说，夏树果波和中村久美几乎是在不同年份的同一天怀孕的。

这是真的吗？荣格提出的同步性原理，仿佛是故意设计的偶然的一致。

矶贝突然感到不安。他想起修平当时担心妻子是否也会发生早剥时的样子。夏树果波现在感受到的原因不明的腹痛会不会正是早剥的先兆？

感觉到有人过来，矶贝抬起头，医局长正好进来。矶贝起身问候。

"说吧，找我什么事？"医局长坐下后问道。

矶贝提出了希望能延长休假的请求。他并非刻意，但是语气还是有些沉重。医局长沉默地听完他的话，给出了矶贝预料之中的回答："我和教授也商量过了，最长半年。超过半年，可能会考虑让你离职。"

"好的。"矶贝说。

离开医局后，矶贝朝着特护治疗室（HCU）走去。他要去看望让自己迟迟无法复职的另一名孕妇。矶贝站在走廊，隔着透明玻璃望着户田麻衣子。她已孕有生命，却依旧是植物人的状态，没有从昏睡中醒来。

看着眼前的麻衣子，矶贝感到一种无可救药的无力感。事到如今，他终于能无比清晰地感受到麻衣子在医院寻死时的心情。当时，她肯定是抱着最后一丝希望来接受诊查的。要是矶贝能马上解决婆婆的紧逼，或者坚决让她住院的话，麻衣子就可以从地狱中得到解脱了。但是，自己什么也没有做，然后麻衣子选择了死亡。

或许自己根本不应该给夏树果波治疗？脑海中突然闪过这个疑问。自己并不是一个合格的医生，根本不应该在没有恢复作为一名精神科医生的自信时就去处理果波的问题。不仅如此，他还在想，果波的治疗之所以陷入瓶颈，是不是因为受到了自己的精神状况影响？在中井妇产科医院给那位女高中生做的引产、在呼吸的反射运动中死去的婴儿……是不是自己过于希望避免给果波做人流从而影响了对附体障碍的正确处理？

现在，果波的治疗问题甚至影响到了修平，导致他患上了感应性精神病。修平的病，很可能是因为治疗初期矶贝提出了错误的建议而造成的。是不是不该让修平接触中村久美的人格？他在应对中村久美的人格时，心里产生了空白，才导致妄想乘虚而入。本来，让妄想产生的源头——果波和接过妄想的继承者——修平分开生活可以轻松治愈，但是修平根本不可能接受。只要他们还在一起生活，中村久美的人格就可能再次转移到修平身上。

但是这样的话，矶贝将遇到另一个问题。要是附体障碍在早期治愈，夏树夫妇的孩子肯定就被打掉了。作为医生，自己究竟该怎么办？

眼前的什么东西好像动了，矶贝下意识地抬起头。玻璃窗另一侧是瘫软地躺在床上的户田麻衣子。他看了一眼户田麻衣子枕边的生命体征，心电图和脉搏血氧仪均没有异常，脉率监护仪的声音也很规律。

自己可能是累了，矶贝想。他转身时，视线边缘又有什么东西动了。矶贝转过身死死地盯着户田麻衣子在毛毯下微微活动的脚尖。片刻后，他终于意识到眼前景象背后的意义。他浑身一个激灵，不禁叫出声来。户田麻衣子的脚停止了活动。矶贝屏住呼吸静静地等待着。肩膀动了！与此同时，户田麻衣子的脖子缓缓转向走廊一侧，似乎是想转身。

矶贝睁大眼睛，脑子一片空白，迅速冲入病房。

"户田小姐！户田小姐！"他边呼唤边按下护士铃，随后轻轻摇晃户田麻衣子的肩膀。

户田麻衣子的脸颊无力地抖动着，过了一会儿，眼睑也开始无意识地痉挛。护士赶了过来，见到患者的样子后，矶贝听见她倒吸了一口气。

"户田小姐！能听见吗？"

在矶贝的声声呼唤下，麻衣子终于睁开眼睛。毫无疑问，她醒过来了。虽然还不确定她现在的意识状态如何，矶贝还是率先传达了那件她必须知道的事情："你振作起来！你肚子里有孩子了！"

仿佛是承受不了自身的重量，麻衣子的嘴唇耷拉了下来。矶贝担心这是后遗症，心如火焚。他握住麻衣子的手继续对她喊话：

"户田小姐你听见了吗？你怀孕了！你有孩子了！"

也许是听见了矶贝的话，麻衣子失焦的瞳孔逐渐湿润，终于流下了眼泪。

矶贝好想大吼一声。得赶紧告诉负责不孕症治疗的广川晶子，他想。

"我去叫医生。"护士说着便跑出了病房。

矶贝一遍又一遍地眨眼，一次次地确认眼前发生的事情是真的。植物人状态的患者恢复意识，在一般情况下基本不大可能。短暂的兴奋过后，矶贝冷静下来开始寻找原因。他想起某个国外的病例，一个植物人孕妇身上发生的奇迹。那名女性在没有意识的情况下，通过剖腹产完成生产，当人们把孩子送到她怀里时，她突然从深度昏睡中苏醒了过来。

矶贝看向麻衣子的下腹。是子宫中不断成长的胎儿把母亲从长眠中唤醒了吗？是宝宝的小手在妈妈体内敲开了昏睡的大门吗？

护士和值班医生一起赶了过来。医生看了一眼患者的情况，问："知道这是哪里吗？"

麻衣子的嘴唇微微抖动，但是没有声音。矶贝准备离开床边给主治医生腾开地方，麻衣子却抓着他的手不放。

主治医生再问："能说出自己的名字吗？"

没有声音，但是矶贝感觉到她握了一下自己的手。麻衣子有意识反应，矶贝激动不已。虽然没有定向认识，不过意识障碍的程度应该比较轻。

主治医生指着矶贝继续问："你知道这个人是谁吗？"

麻衣子的头微微地上下活动。是在点头吗？她的嘴唇轻轻地一张一合，仿佛在说"医生"。

主治医生抬起头，看着矶贝微微一笑："看来矶贝医生的祈祷起了作用啊。"

太好了！除此之外，矶贝的脑子里已经没有了其他词汇。矶贝喜形于色。不过，在其他人眼中，自己可能更像是在哭吧。

"我们继续观察情况吧。"主治医生说，"这下终于有希望了。"

就在这时，一个尖锐的声音响起。矶贝心里一惊，麻衣子的生命体征有异常吗？！还好这并不是脉搏血氧仪的报警，是自己的无线电寻呼机的铃声。

"抱歉。"矶贝关掉铃声，再次把麻衣子的手握在手心，"我还会再过来的。"麻衣子眨了眨眼皮。

矶贝离开HCU，看了一眼寻呼机。修平想要联系自己。

矶贝朝着公用电话走去，边走边想：接下来轮到夏树果波了。他终于找到了治好果波的最后的办法。

2

到了夏树家后，和修平说话前，矶贝先诊查果波的情况。附体状态的果波躺在卧室，左脸脸颊上还有被丈夫殴打后留下的瘀青。此刻她没有表现出任何攻击性，完全是一副惹他人同情的可怜的孕妇形象。

"下腹痛吗？"矶贝问。

对方摇摇头。

"每天都有胎动吗？"

附体人格点点头。

血压没有异常，脚部也没有出现浮肿。结束诊查后，矶贝说："你好好听我说，不管怎么样我们都希望能帮到你和你的孩子，我不要求你一定要相信我们，但是今后如果发生任何异常，你要马上叫救护车。任何一家有妇产科的医院都行，赶紧过去。听到了吗？"

对方没有任何回应。

"一旦出血，可是会母子双亡的！"

听到这句话，附体人格终是难过地咬住嘴唇，点了点头。

离开卧室后，矶贝和修平一起来到公寓外的小花园。究竟是第几次在这儿商量果波的病情了？准备坐下的时候矶贝心想。

"今天叫您过来……"修平开口，"主要是关于中村久美的人格提到的'那个男人'。"

"她生前的恋人？"

"嗯，要是能找到那个男的，对果波的治疗有帮助吗？"

"应该有。"矶贝说。修平的提议和自己考虑的治疗方法一致。"他们之间到底发生了什么？那些我们不知道的事实可能正是附体迟迟无法消除的原因。"

"我知道了，我试一下。"修平说。

修平这种主动的态度，让矶贝对他好感倍增。"在那之后，你自己怎么样？"

"后来没有发生过附体现象。"修平苦笑着说，"因为自那以后我再也没有挑衅过中村久美。"

"你还觉得果波是人格附体吗？"

修平似乎不知道该怎么回答，他抬头看了一眼矶贝。

矶贝身体前倾，放低声音，说："我今天也有事想和你商量，我找到了治好果波小姐的最后一个办法。"

"欸？"修平立即反问，"怎么治？"

"顺利完成生产。"

修平一副摸不着头脑的样子。矶贝继续说："唯一的治疗办法就是让果波小姐生下一个健康的宝宝。你想啊，附体人格说她是为了保护果波小姐的宝宝所以才附体的。果波小姐自己也对人流有强烈的抵抗意识。只要把孩子生下来，二者的问题就能解决，附体就没有继续存在下去的理由了。"

修平诧异地听着矶贝的说明，脸上露出担心的神情。他看了一眼十六楼的窗户，说："剩下的就是那个腹痛的问题了吧？"

"没错。要是胎儿死了，希望也就断了。而且……"

修平打断矶贝的话兀自说："中村久美的忌日。"

"你知道了？"

"嗯，总是有点担心。我担心三周后果波会不会也发生一样的情况。"

"我们最好早做准备，那个日子可能会对果波小姐的心理产生某种影响。可以的话，应该让她提前住院。"

"以防万一？"

"嗯，孕妇的精神状态也会给身体造成影响。"

修平神情紧张地问："要是果波出现早剥症状，医生会怎么处理？"

"放任不管会有生命危险，会马上剖腹产取出胎儿，然后注意预防母体的后遗症。"

"孩子呢？孩子会死吗？"

听见修平急切的语气，矶贝抬起头。顺利生产能治好妻子的精神障碍，修平对宝宝生命的关注是理所当然的，但是修平表现出来的急切和不安远不止于此。矶贝隐约感觉到，修平心中似乎已经有了作为父亲的自我意识。

"宝宝的情况是一个概率问题。现在是怀孕七个半月，胎儿有可能通过集中治疗得以存活。要是在新生儿医疗设备完善的医院生产，获救的可能性很大。"

"是不是也可能活不下来？"

矶贝无奈地说："没办法保证百分之百能活下来，但是如果对早剥放任不管将会母子双亡。"

修平依旧陷入沉思。矶贝知道他为什么在让果波住院一事上表现得如此犹豫不决。妻子的异变是被附体造成的 —— 他现在仍然没有完全放弃这一猜测。

矶贝心中再次浮现出那个疑问。附体人格为什么如此固执地拒绝去医院？允许人流的周数早就过去了。

"总之现在避免《K和N的悲剧》再次上演是最紧要的。"

修平阴沉着脸点点头，他说："我有一个想法。"

"什么？"

"距离中村久美的忌日还有三个星期。在这之前不管怎么样我一定会把那个男的找出来。如果果波的附体因此得以解除，问题是不是就解决了？"

"你是说再等三个星期？"

"嗯，在附体状态下强行采取医疗保护入院措施的话，很难保证会发生什么。在此之前，我会充分注意果波的身体情况。"

只能这样了，矶贝想。"好吧。需要的话，可以让我妹妹去帮你，你随时和我说。"

"谢谢。"修平坚定地说。

事已至此，修平无论如何都不想让自己后悔。半年前没有戴避孕套就和果波结合的那个夜晚似乎已经成了遥远的过去。那是摆锤的中心。在这个长长的摆锤上，小小的摇晃随着距离中心越来越远，逐渐成为令人生惧的剧烈动荡。正因为原因是如此轻薄，所以如果就这样以悲剧结尾，自己很可能就此一蹶不振。

修平已经顾不上那么多了，他请求矶贝的妹妹美穗作为护士来家里帮忙照顾果波。自己马上联系编辑桥本，询问自己曾拒绝的合约记者的岗位是否仍在招聘。

在车站前的咖啡店见面后，桥本说："岗位现在还缺人。"

考虑到妻子的生产时间，修平问："三个月后呢？"

"不能保证，但是应该有办法。你这边确定下来马上联系我。"

"谢谢。"修平真诚地道谢。桥本从未放弃过自己，一直担心夫妻二人的情况。这样的话，只要找到公寓的租户，经济问题应该勉强可以解决了。

接下来，修平尽量控制自己的工作量，保证收入能勉强维持生活，其余时间都用来寻找和中村久美交往过的那个男的。线索只有一个，二人是在福岛的大学认识的，至于学校的名字则无从知晓。修平来到名簿图书馆，查了一遍福岛县所有大学的毕业生名单，然而并没有找到中村久美的名字。因为并非所有名簿图书馆都有收集。这样一来，通过当时的同学打听这个办法就行不通了。

修平重新调整调查方式，他考虑能不能对发表《K和N的悲剧》的《周刊媒体》编辑部进行反向调查。他在同为写手的朋友间问了一圈，没有找到在那个编辑部工作过的人。一来二去，距离中村久美的忌日只有不到两周了。修平很是焦急，没办法，只能直接给那个编辑部打电话了。

他向对方介绍自己是《舒适生活学》的作者夏树修平，电话那边的副编辑长马上换了一种语气，热情地问："请问您有什么事儿呢？"

"我想了解一下三年前的一篇报道，标题是《K和N的悲剧》。"

"《K和N》？"对方似乎在搜寻记忆，过了一会儿，说，"啊，孕妇的死亡事件是吧？请稍等，那个记者今天刚好在。"

修平预料得没错。他之所以选择在周五打电话，是因为杂志社往往会在这一天商量下一周的出版内容，这个时候记者们应该都在。

"你好。"一位年轻记者接过电话。修平向对方介绍自己，并表示自己在寻找中村久美的交往对象："我也是这个行业的人，不会做出什么给你添麻烦的事情。"

"好的。"年轻记者爽快地说，电话那头传来敲击键盘的声音，应该是在找当时的调查记录，"找到了，你记一下。"

"请讲。"修平拿好笔说。

"让中村久美小姐怀孕的是一个叫冈部和也的人。"对方把对应的字告诉修平后继续说，"大学毕业后，回老家仙台工作了。"

"工作单位呢？"

"是一家叫'仙台物产'的商社，不过我知道的只有这些了。当时没有去调查他，所以没有联系方式。"

"谢谢您，帮大忙了。"

修平马上给笔记本电脑接上网线，搜索"仙台物产"。他很快就找到了这个公司的主页，那是一家有四百多名员工，以海产加工食品为主营业务的中等规模商社。主页上留了公司的联系方式，修平再次拿起电话。

"您好，这里是仙台物产。"对方是一名女性社员。

修平说："您好，我叫夏树，想找冈部和也先生。"

"冈部……您知道他在哪个部门吗？"

"呃……不好意思，我的笔记丢了。"

"抱歉，请问您是……"

来了！修平再次拿出屡试不爽的撒手锏："我是一名记者，叫夏树修平，写过一本书叫《舒适生活学》。"

"啊，我看过您的书。"没想到竟然遇到了自己的读者，"请您稍等。"一阵等候的音乐过后，女性社员说，"马上给您转接。"

"您好，水产二科。"一个浑厚的中年男人的声音。

修平自我介绍后问："请问您是冈部先生吗？"

"冈部出差了。"

"出差？"修平略显慌张，但是想起自己还有两个星期的时间，他继续问，"他什么时候回来呢？"

"下周末，不过他是周五回来，下下一周的周一才会来公司。"

修平看了一眼墙上的日历，是中村久美忌日的前四天。勉强来得及。"我可以打电话到他出差的地方吗？"

对方的声音里有了隐约的戒备："您找他有什么事？"

"我们在做一个以全国销售人员为对象的采访。"修平找了个借口。

"您要是不着急的话就等他回来吧，我会告诉他有一位叫夏树的先生联系过他。"

眼下只能这样了。修平拜托对方告诉冈部自己的电话号码。

"采访的事情，下次请通过宣传部联系。"挂断电话前对方说。

能做的准备已经做好了，剩下的只有等待。修平祈祷冈部和也在出差结束前联系自己。

电话是在第二周的星期二从北海道打来的。修平准备飞往北海道，但是对方以工作为由拒绝了。冈部表示可以下周一在公司见面。

修平和他约好下周一下午两点在仙台物产的前台见。

电话中，冈部和也的声音显得轻松而有活力，和他二十多岁的年纪非常相称。

他仿佛已经全然忘记了那段让中村久美怀孕，将她逼迫至死的过去。

3

和冈部见面的当天，修平把妻子托付给美穗后，从东京站出发前往仙台。他准备将此行了解到的消息马上用电话告诉矶贝。还有四天就是中村久美的忌日了，要是能在这之前解开果波的心结，就能消除眼下的危机，后面只要安心等待生产就好了。

但是……修平坐在东北新干线的车厢中望着窗外想：如果果波是被附体的话，事情会发展成什么样？冈部和也的出现会不会让事态进一步恶化？

仙台物产株式会社位于宫城野区，属于仙台市的中心区。七层高的公司大楼，从仙台站出来走几分钟路就到了，位置条件得天独厚。修平提前五分钟走进大楼。

在一楼的前台说明来意后，女工作人员拨通内线电话。

"冈部马上过来，请您稍等。"随后伸手指向电梯前的会客角。会客角摆了三张桌子和配套的椅子。修平在最里面的一张桌子坐下，静静地等待着。

一点四十九分，电梯从五楼开始下降。修平顿时紧张。电梯上显示的楼层数倒计时般越来越小，终于门开了。里面出来一位年轻人，虽然已经参加工作，头发却还是染过的，略显轻浮。

"您久等了。"对方找到修平后，头也不点地说。

和想象中差不多的形象，把女朋友肚子搞大后不承担任何责任扭头就走的家伙。修平按照事前的计划，毅然直奔主题："我是为了中村久美小姐来的。"

"中村久美？"对方一脸疑惑。

打算装傻？修平愤愤不平，继续说："三年前……"

"你等等！"对方露出诧异的笑容，"你找的是北海水产的人吧？"

"欸？"修平不禁反问。

就在这时，坐在对面的中年男性站了起来："我是北海水产的。"

修平终于意识到自己的失态，慌慌张张地思考该如何解释。"找错人了对吧？"男人露出讽刺的笑容，向里走去。

太尴尬了，修平满脸通红，正准备回到座位时，背后突然传来一个声音："是夏树先生吗？"

修平立即回头。

"我是水产二科的冈部和也。"

修平目不转睛地盯着对方。矮个子，有点显老，戴着圆框眼镜，看着像是个老实人。

"您好。"冈部深鞠一躬，递出名片。

锐气受挫的修平也递出名片："我是夏树。"

冈部亲切地说："是说要做什么采访吗？"

修平重新打量一番眼前这个看似老实的人，有点犹豫。这个地方来来往往都是人，在这里聊恐怕不太合适："方便在附近的咖啡店聊吗？"

"好啊。"冈部爽快答应。

"是对地方销售人员的采访对吧？"

二人在咖啡厅找了张桌子坐下后，冈部马上问道。修平犹豫着不知该如何开口。

"为什么选我呢？夏树先生和我之间有共同的朋友吗？"

修平看着对方，觉得还是直说比较好："对不起，杂志社的采访其实是一个借口。"

冈部满脸诧异。

"我担心不这么说会见不到您，不过……"修平从背包掏出自己的作品，"这个是我的真实身份，我不是什么奇怪的人。"

冈部接过《舒适生活学》，打开封面，似乎是在核对封面上作者的照片。

"今天想向您了解一个人，中村久美小姐。"

冈部抬起头。

"您认识她吧？"

"嗯。"冈部茫然地点点头。

"我的妻子……"修平小心翼翼地组织着语言，"是中村久美小姐的发小，最近遇上一些问题。"

"您稍等。在此之前，我想问一下，久美她现在怎么样？"

修平看着冈部，不理解他的问题代表什么意思。

"她好吗？"冈部问。他的脸上甚至泛起了微笑。

修平愕然。这是他完全没有想到的情况。冈部和也不知道中村久美已经死了。不过仔细一想，这并不奇怪。报道《K和N的悲剧》的，只有贴满了小新闻的地方报纸和专门发表匿名报道的《周刊媒体》。

"听说她回老家了……"注意到修平的沉默，冈部皱起眉头问，"怎么了？"

"抱歉。"修平支支吾吾，但是他清楚，必须把中村久美的悲剧告诉冈部。修平犹豫地说："冈部先生您不知道吗？"

"什么？"

"中村久美小姐已经去世了。"

冈部骤然色变："什么？"

"在三年前，因为生孩子……"

冈部震惊地张着嘴，脸部僵住，宛若顷刻间戴上了一层面具。他的嘴唇微微抖动，像是在说什么。过了一会儿，他干咽一口唾沫，发出低语般的声音："死了？"

"嗯。"

"孩子呢？"

"没有救下来。"

"也就是说，母子……"

修平点点头。

也许是过于震惊，冈部呼吸加快。他望着墙壁，眼珠左右移动，仿佛在找什么东西。修平更加不解了，这个相貌老实的男人和中村久美之间到底发生了什么。

"原来是这样啊……"过了很久，男人似乎终于接受了这个事实。

"这次过来，是有些事情想问您。因为中村久美小姐的死引发了预料之外的问题……"

"抱歉，您看这样行不行？"冈部打断修平，站起来说，"我处理完出差的事情，今天就没什么事了。一个小时后我们在这里见面然后再好好说，可以吗？"

"没问题。"

冈部伸手拿起桌上的小票。动作非常机械，像是无意识的反射性动作。他准备离开，走到店门口又匆匆折回，付了两杯咖啡的钱。

一个小时后再见时，冈部似乎已经恢复了平静。

在说明妻子的情况前，修平觉得有必要给冈部说明中村久美死亡的详细情况。他的包里装着《K和N的悲剧》的复印件，但是这篇报道写得过于煽情，修平不忍让冈部看到。他只拿出了地方报纸，上面仅简单报道了死亡消息。

一番交谈过后，冈部提出了想去子安神社的想法。他说想亲眼看看以前的恋人死去的地方。"您妻子的事，我们在去的路上说吧。"

修平本人并不想再次踏进那间神社，但是觉得两人一起的话应该没问题。而且现在才三点多，应该能在太阳落山前回来，于是说："好。"

冈部带着修平来到公司的停车场，钻进一辆印着公司标志的小汽车。修平坐在副驾驶席，在前往子安神社的二十多分钟车程里，他给冈部介绍了妻子的情况。不过考虑到对方的感受，他没有提及任何与附体有关的话，只说妻子是精神障碍。

"好不可思议啊。"冈部听完后说。

"所以有几个事情希望能向您了解一下。"汽车驶入清川町，修平手拿地图一边指路一边说，"久美小姐有跟您提过白石果波这个名字吗？"

冈部皱起眉头，思考片刻后说："没有，她在福岛上了大学后应该就和家里的朋友断了联系。"

"那她有没有可能对白石果波提起过您的情况？"

"应该不会，不仅是白石果波小姐，她应该没有对任何人提起过我们的事，久美就是这样。"说到这儿，冈部突然安静下来。

"还有一点，主治医生也觉得很奇怪的地方。过了法定允许人流的时间后，我妻子的情况也没有丝毫好转。她似乎有很强的疑心，依旧担心自己会被迫人流。我觉得这里可能有一些我们没有了解到的情况……"修平看了一眼冈部的侧脸，问，"方便的话，能不能告诉我您和久美小姐分开的原委？"

冈部露出苦涩的表情。修平猜测他应该不是对自己的请求感到为难，而是觉得那段记忆是苦涩的。

"第一次见到久美是大二的时候。"冈部说，"当时几个社团联谊，去滑雪。我就是那个时候认识她的。和久美聊天的时候，我注意到她有一种难以言喻的魅力。她身上有明显的两面性，和大家在一起的时候像个大姐大，但是两个人独处的时候会表现出细致的温柔。这样的久美让我越来越着迷。这么说的话，她曾经提起过，说她小时候从校园霸凌下保护了自己的朋友。"

那些朋友里会不会有果波？修平心想。

"然后我们就开始了交往。我们的交往和其他情侣一样，没有什么特别之处，一直到大四那年。"冈部顿了顿，继续说，"意外是刚上大四的那个春天发生的，久美怀孕了。当时马上就要毕业找工作，实在没办法生育孩子，但是久美坚持要生下来，根本不听劝，我们一直在争吵。吵着吵着，二十一周的期限很快就过了。"

修平抬起头，看向正在开车的冈部。

"我完全不知道该怎么办，于是找了医学部的朋友商量。那位朋友告诉我，怀孕周数是通过自己申报的生理日期决定的，晚报两周医生应该也发现不了。"

"也就是说，存在违法人流的可能性？"

"嗯，不过他也说主要看医生。然后我就想带久美去医院。"

终于明白了，附体人格不肯去医院肯定是因为这件事。但是，如果果波是精神障碍的话，她是怎么了解得这么清楚的？

车子开过广濑川桥。修平静静地听着冈部的话。

"久美拒绝了我，而且不久之后就没有了音信。我也没有主动去找她，就算见面也只会难过，而且我当时觉得让她自己静一静比较好。现在想想，完全就是自欺欺人。"

冈部的这种心理状态和狡猾，同为男人的修平再清楚不过了。

"后来我们只有过一次联系。在夏天快要结束时，我收到了久美的信。上面没有写地址，不过从邮戳来看，她应该是回了老家。"

就在这时，冈部开着车子正好经过久美家的旧址。房屋已经被拆除，茂盛的杂草在空地上随风摇曳。修平觉得有一种很神奇的感觉，仿佛有一股力量在引领着自己与冈部。

"信上说，她已经把孩子打掉了。我看到后终于放下心来，觉得一切都结束了。对久美的感情只持续了短短两年就宣告终结了。"

目的地就在前方。车子已经驶入神社前的弯道，修平示意冈部减速。驶过弯道，车子停在通往神社的小路前。

考虑到对方的情绪，修平简单问道："走吗？"

"走。"冈部坚决地说。

修平下车，和冈部一起步入树荫下的小道。

"应该买一束花来的。"冈部看着脚下说，"怎么就没想起来呢。"

修平觉得是因为男人们平时就对花没什么兴趣。

穿过鸟居，爬在石阶上，修平不禁想起听到婴儿哭声的那个夜晚，这显然并不是他所愿意想起的。不过他还是不顾内心的恐惧，竖起耳朵认真聆听，却只听到风吹树叶的沙沙声和声声鸟鸣。每踏上一个石阶，修平心中就紧张一分。终于爬上了石阶，古色苍然的神社出现在眼前。中村久美死去的地方就在前面。

冈部突然停下了脚步，修平回头看着他。冈部似乎在犹豫是否要继续前进。难道是不愿面对恋人的死亡？还是说察觉到了什么异样？

"怎么了？"修平问。

"我想起一件事。是我最后一次见到久美的那个晚上……"

冈部没有继续说下去。修平催促道："发生什么了？"

"那天晚上我们在路上分开时，久美突然回头问我：'猜猜我是谁？'"

修平后背窜过一股凉意。他很想回头看看身后，脖子却动弹不得。

冈部继续说："我不知道她什么意思，于是问她。久美露出令人意外的慈爱的表情又说了一遍'猜猜我是谁？'"

修平小声问："然后呢？她怎么说？"

"'我是妈妈哦'，久美说，她看上去特别幸福地说'我是宝宝的妈妈哦'。"

修平发出一声惊叹，他强烈地责备自己："你怎么就没想到这一点呢？"心中的恐惧瞬间化为敬畏，对于孕育并生育生命的女性的敬畏。要是现在再次听到婴儿的啼哭声，自己还会害怕吗？不，应该会如释重负吧。

"久美当时一定是下定了决心要生孩子，甚至愿意为此不惜一切，而我却抛弃了她，把她赶到了一个自己看不见的地方。"

冈部抬起右手。修平看着他的一举一动，感到一阵无可奈何的悲痛。冈部伸出右手的指尖，取下戴在左手无名指上的婚戒。

"走吧。"冈部说，"我们去看看那个地方。"

修平沉默地抬起脚步。绕过社殿后马上就看到了那间杂物小屋。身边传来极为克制的哭声。修平并没有看冈部，只是默默地到小屋前，推开薄薄的木门，落满了灰尘的地板出现在二人面前。

"竟然是在这种地方……久美！"冈部的声音充满了悲痛。他甚至来不及擦拭，眼泪一滴接一滴地往下掉。

修平不知道该怎么安慰冈部，只是低着头一言不发。

冈部走进小屋，对着地板四顾茫然，仿佛在悲剧的舞台中央寻觅着恋人的遗骸。然而地上什么也没有，他不过是孤身一人。"为什么啊！"冈部跪倒在地上，号啕大哭。

修平真诚地祈祷着，希望中村久美的亡魂能接受这个男人的哀叹。

修平坐在石阶的最上面一级，静静地等待着。

太阳好像要落山了。或者应该说，在山的背阴面，太阳已经沉入了地平线。

修平更加坚信了。果波不是精神障碍，而是中村久美的人格为了保护胎儿附在了她身上。但是这一结论并没有给他带来恐惧，要是有中村久美生前的照片，他真想好好看一看。她应该像冈部说的那样吧，坚韧与温柔并存，富有魅力。附体状态的妻子也会出现那样的表情。

剩下的问题是后面该怎么办。就算把冈部的话一字不差地转述给矶贝，他应该也不会认为这是超自然现象吧。他肯定会认为是果波在不被其他人知晓的情况下与生前的中村久美有过联系。请祈祷师来驱邪等宗教性质的仪式也肯定会被他反对。

远处传来脚步声，冈部从社殿背后走了出来，他已经停止了哭泣。看见修平后，他重新戴上眼镜，挡住自己充血的眼睛。

"抱歉。"冈部声音沙哑，他在修平身边坐下，"我实在控制不住。"

"没事。"修平摇摇头。他看了一眼冈部的左手，婚戒还没有戴上。在女人面前，男人似乎总是喜欢伪装自己，哪怕对方早已不在这个世界。修平有些伤感。

"你之前说，久美是在怀孕快八个月的时候去世的？"冈部说，"也就是说，差不多正好是三年前的这个时候？"

"是的，11月9日，四天后。"

"真的非常感谢你今天过来，让我有机会祭奠她。"

"祭奠？"

"我想在她忌日的时候请僧侣为她诵经。"

太好了！修平想。虽然不能对果波举行宗教仪式，但是请僧侣来这里作法为中村久美超度，矶贝应该不会反对吧？

冈部回头看了一眼神社，问："请佛教的和尚过来，是不是不大好？"

"不会，没事的。"修平觉得这座神社应该没有神明。不然的话，为什么中村久美要在这里丧命？这明明是一座祈愿顺产的神社。"到时候请一定要让我过来。"

"谢谢。"冈部低头致谢。

"我来准备吧？"

"不不，让我来吧。"

冈部坚决地说。既然如此，就交给他吧，修平想。

"时间定好了我会联系您。我们在仙台站见吧，然后开车过来。"

"拜托您了。"

冈部望着逐渐被夜色笼罩的石阶一言不发，过了一会儿突然问："您是不是特别看不起我？让喜欢的女人遇上这样的事。"

"怎么会，我自己还不是一样。当初让果波打掉孩子的时候，根本没想过会发生这么多事情。"

说完后，修平觉得自己说得不对。正确来讲应该是：没有戴避孕套和妻子交合的时候，完全没想过会怀上孩子。流于表面的轻薄的爱，在强烈的性欲面前根本不堪一击。

"我去年成家了。"冈部说，"每次想起久美，总是很痛苦。她肯定很怨恨我吧。"

修平想起附体人格口中的"那个男人"。现在在自己身边的这位正是"那个男人"。附体人格的语气中充满了敌意。修平突然觉得不安，像是有什么东西在催赶着自己。"我们走吧，这里马上要黑了。"

冈部点点头，起身。

这时，修平挂在腰带上的手机突然响了起来。修平掏出电话，看了一眼来电显示，是矶贝。

看到矶贝的名字，修平顿时没了力气。他一言不发地盯着丁

252

零作响的手机。根本不需要接听他就知道是什么事情。距离中村久美的忌日还有四天，估计是发生了最后的而且是最糟糕的情况。

修平心中充斥着悲哀与绝望。在电话接入语音信箱的前一刻，修平接通电话。

听筒传来矶贝低沉的声音："喂？"

"我是夏树。"在安静的神社境内，修平回答道。不幸的预感成为现实。

4

在夏树家的美穗急忙打电话回家联系哥哥是在傍晚时分。她发现果波躺在床上手捂着下腹，于是问她是否感到疼痛，但是对方没有回答。曾经是一名护士的美穗随即果断掀开果波的衣服，发现内裤上有出血的痕迹。

少量的暗红色血液意味着什么，美穗很清楚。孕妇有正常位胎盘早期剥离的风险。美穗立即打电话联系哥哥。

矶贝让她呼叫救护车，并表示如果夏树果波不反对就送到文京医科大学医院。矶贝在前往医院的路上再次接到美穗的电话，说是救护车正在赶往文京医大。

矶贝在急救中心迎来了夏树果波。果波似乎强忍着疼痛，根本说不出话。结束了门诊的广川晶子也被叫了过来，超声波诊断后，护士给果波穿戴上胎心仪和观测阵痛的压力传感器。血液化验也同步进行。

一小时后，矶贝、广川以及急救中心的医生进入会议室讨论检查结果。他们面临着艰难的诊断。

"没有子宫强制性收缩，血液检查也是阴性。"率先说话的是急救医生，"要说早剥的症状，只有下腹剧痛和出血，痛感似乎也变成了钝痛。"

"问题是超声波。"广川皱起眉头说。

要是超声波检查中发现胎盘有血肿就可以断定是早剥。因为分娩前胎盘剥落会引起患部大出血，但是果波的超声波诊断结果却非常模棱两可。

矶贝迅速查看胎心记录表。要是胎心数据出现异常，妇产科医生会马上通过剖腹产取出胎儿，然而数据一切正常。

"早剥可是慢性病。"广川说，"既然有出血，就应该认为症状在持续发展。"

"你是觉得应该马上取出孩子？"

广川点点头："晚几分钟，可能就救不过来了。"

矶贝看向负责急救的医生："您觉得怎么样？"

"就听妇产科医生的吧。"三十出头的年轻医生似乎在考虑广川的面子。

"你有什么不同意的地方吗？"广川问矶贝。

矶贝并没有回答，他的脑子里浮现出超声波图像中所呈现的胎儿发育情况。就孕期二十八周而言，夏树修平和果波的孩子发育情况很好。体重将近一千五百克。问题是肺，要是肺部发育不全，胎儿只能进行呼吸反射运动但是呼吸不到空气。新生儿科可能会通过注射药物促进肺泡张开，但是并没有百分之百的救活率。而且，就算救过来也会有后遗症。

"我们向患者说明一下怎么样？"不知情的急救医生说。

"就是因为不行啊。"广川苦恼地说，她接着问矶贝，"她丈夫呢？"

"在仙台出差，正往这里赶呢。"

修平那边究竟怎么样？有找到什么能让果波解除附体的新线索吗？

"能打电话取得术前同意吗？"

"不，我觉得现在还是要再观察一下。"

广川很意外，不解地问："为什么？"

"因为患者的既往症。万一生产失败，患者的精神障碍必然进一步恶化。为了治好附体障碍，只能让她经历自然分娩……"

"可是，这样可能会母子双亡啊。"

矶贝抬起头。《K和N的悲剧》正在夏树果波身上上演。

"这样不行吧？"广川说。

"一旦超声波诊断到明确的血肿，或者是胎心出现异常就立即剖腹产，怎么样？"矶贝提议，这是唯一的选择，"如果没有发现异常就继续保持现状，不进行人工引产。"

广川恶狠狠地看了矶贝一眼，随后移开视线，长叹一口气："看来今晚得住这儿了。"

晚上九点多，修平赶到文京医大的大门口。大厅的主照明已经关了。他一走进大厅就见到了正在等候的矶贝。

"我们先去果波小姐的病房吧。"矶贝说，"详细情况后面再说。"

修平非常感谢他的这份体谅。他跟在矶贝后面，向妇产科走去。

妻子已经住进了单间病房。矶贝没有敲门直接推门进去。果波躺在床上已经睡着了。看见安然无恙的妻子，修平差点泪流满面。这半年来，就算是被附体人格占据着肉体，睡着后却一直是果波的样子。结婚时自己曾立志要用一生来守护的人，此刻正在安详的睡梦中。

矶贝小声说："果波小姐的情况我们已经仔细检查过了，暂时可以放心。"

修平看向连接着妻子的各类仪器。虽然不知道具体是什么，但是只要没有报警应该就可以放心吧。

矶贝把修平带到护士站前，在一个昏暗的角落坐下。修平似乎累极了，长长地舒了一口气。

"仙台怎么样？"矶贝问。

"见到'那个男人'了。"修平把自己从冈部和也那儿获得的消息一五一十地告诉矶贝。从他与中村久美的相遇到分离。在谈及久美生前过了二十二周的孕期仍旧差点被带去人流的时候，矶贝也一脸的诧异："这就是附体一直没有解除的原因吧？"

"说实话，"修平抓住机会说，"见了冈部和也之后，我更加觉得果波不是精神障碍而是被附体。果波所说的都是只有中村久美本人才可能知道的细节。"

矶贝正准备开口，却听到修平继续说："但是，现在我已经不在乎这些了。被附体也好，精神障碍也好，只要果波能恢复健康就足够了。"

矶贝微微点头，没有提出异议。

"医学上的救治就靠您了。只要度过眼前的危机，等果波顺利生下孩子，附体自然就会解除对吧？"

"嗯。"矶贝张开手掌擦了擦两侧的脸颊，应该是想缓和一下自己紧绷的表情。

"接下来我来说吧。关于果波小姐的情况，我和妇产科医生有不同的意见。虽然早剥的可能性很大，但我觉得还有其他可能。"

"什么？"

"暗示的影响。果波一直把自己当作中村久美，在中村久美的忌日前夕，在暗示的影响下出现类似早剥的症状。"矶贝发现修平仍有疑问，继续冷静地说，"给催眠状态的被试者下了被烫伤的暗示后，他的皮肤会和实际烫伤时一样鼓起水疱。现代医学还没有对人的肉体与精神形成一元性的解释，但是并非不认可这些未解之谜发生的可能性。"

"等一下！"一路从仙台跟随回来的不祥预感越来越强，"如果说果波的出血症状是暗示的影响，那么今后是不是可能真的会出现早剥的症状？也就是说胎盘真的发生剥离，会吗？"

矶贝表情复杂："这个很难讲。妊娠中毒症和早剥本来就没有明确的原因，再加上神秘莫测的暗示的影响，基本上无法从医学的角度预测以后会发生的事情。但是……"矶贝换了个语气，"虽然原因不清楚，但是对于妊娠中毒症和早剥，目前已经有有效的对症疗法了，不用过于担心果波小姐的身体。"

修平很快就明白了矶贝的言下之意："剩下的问题是……果波的心理，对吗？"

"是的。肚子里的宝宝一旦出现闪失，果波的情况就很危险。"

修平沉默了。护士站的护士拿着记录板从走廊前走过，应该是去检查果波的情况。

"如果是暗示的影响，是不是只要安全度过四天后中村久美的忌日就可以放心了？"

"应该是。"矶贝点点头，"接下来的四天最关键。"

"可能有一个最后的办法……"修平说，"或许能治好果波。冈部和也准备在中村久美死去的地方安排诵经仪式。"

矶贝似乎有了兴趣："哦？"

"到时候我也会去。如果是被附体的话，说不定会有什么效果。"

"只要不在果波面前做，我是不会反对的。"矶贝微微一笑，"什么时候？"

"中村久美的忌日那天，四天后。"

"中村久美的死亡时间是什么时候来着？"矶贝问。

修平没想到矶贝会这么关心，不解地望着矶贝。

"不管是暗示，还是人格作祟，如果说果波会出现早剥的话，这个时间应该是最危险的。”

“原来是这样啊。”就是僧侣的经再厉害，要是果波在这之前死了那么一切都将无济于事，“推定死亡时间应该是在上午十一点左右。”

“在这时间之前完成诵经可能比较好。”矶贝说，语气中没有丝毫揶揄。

修平掏出手机，又想起这里是医院，于是朝护士站旁的公用电话走去。他插入电话卡拨通冈部和也的电话，铃响了三声后转入语音信箱。修平告知对方四天后的法事需要尽早完成，随后挂断电话。

修平猜测冈部和也可能在家里不方便接电话。

第二天中午，修平接到了冈部打来的电话。说是和僧人商量后决定在上午十点为久美举办法事。

是推定死亡时间的一小时前。虽然有点急，不过应该没问题。那个时间的话，修平也可以赶到仙台。他和冈部约好九点三十分在仙台站的出站口见面。

还剩三天……

修平前往文京医大，见了妇产科的广川医生。她现在已经是果波的主治医生了。之前申请做人流的时候这位女医生曾经规劝他们改变主意。修平觉得很尴尬，但是广川并没有提起那件事。

据广川所言，昨天和今天的所有检查都没有发现异常。但是广川没有忘记提醒修平一切都只是“暂且”。“要是出现胎心紊乱或者是超声波检查发现血肿，我们会立即通过剖腹产取出孩子。"

"也就是说，孩子暂且没事？"

"嗯。"广川的表情终于有所缓和，"好好地在妈妈肚子里呢，希望能坚持到临盆。"

修平暂时松了一口气，但当他见到病房中的妻子时，所有乐观顿时烟消云散。果波的样子和住院前相比发生了明显的变化。她躺在床上，一句话也不说，叫她也不应，仿佛是灵魂出窍了。

矶贝之前说果波这是"解离性昏迷"，但是修平已经不需要这种医学上的标签了，只要能熬过剩下的三天时间。

距离中村久美的忌日还有两天，修平在妻子病房中迎来了早晨。在矶贝的安排下，修平得以在医院过夜。

上午来诊察的广川发现果波的脚部出现了浮肿症状。她把矶贝叫过来二人商量了一些什么，最终没有把果波送进手术室。

又过了一晚，第二天就是中村久美的法事了。修平整天寸步不离地陪着果波，没有任何情况发生，极为平静。傍晚，修平和仙台的冈部和也取得联系，对方表示一切都按照计划有条不紊地准备好了。病房熄灯后，修平没有直接在沙发上躺下，他在黑暗中祈祷："请一定要保佑我的妻子和孩子。"他也不知道自己祈祷的对象究竟是神明还是中村久美的灵魂，总之他忍不住地想要祈祷。

那份祈祷似乎并不灵验。

中村久美忌日的那天早晨，修平睁开眼睛，病房里已经没有了果波的踪影。

5

矶贝被刺耳的电话铃吵醒。也许是神经太紧张，也许是睡眠太浅，他在第二声铃响的时候就接起了电话。

"喂，我是矶贝。"

"我是夏树。"一个紧张的声音传来，"果波不见了。"

"什么？"矶贝一跃而起。他看了看钟，六点二十五分。

"她不在病房。"电话那边传来难以抑制的慌乱，"换洗的衣服和钱包也不见了。"

"那些仪器呢？"

"好像她自己拔除了，缠在肚子上的粗腰带也扔在了床上。现在护士们正在到处找。"

护士们究竟在干吗？矶贝有些恼火。他直觉问题应该在紧急出口。护士站对面那条走廊的尽头，有一个通往消防楼梯的出口。除了精神科的病房，其他病房的紧急出口都可以从里面轻松打开。果波一定是从那里离开的。矶贝突然想起自杀，但他很快就排除了，果波应该没有自杀意念。"她会去哪里，你有什么线索吗？"

"没有，要不要回家看看？"

矶贝正准备同意，话到嘴边又咽了下去。中村久美的人格应该不会无端让果波的身体陷入危险之中。这样的话……

"喂？"修平催促道。

261

"那个男人"和修平约定今天见面，修平觉得果波的失踪和这件事肯定有关。附体人格曾经说过——"有个问题必须得解决掉"。会不会是中村久美的人格打算在附体状态下妨碍对死者的祭奠？"果波知道今天做法事吗？"

"不，她不可能知道。"修平立即回答。话刚出口他便惊慌地说：

"等一下！"

话筒传来翻动纸页的声音。"怎么了？"

"我包里的手账，日程表被撕了！"

"日程表上是不是记录了今天的行程？"

"嗯，十点钟的法事。"

"果波可能去了仙台。"

修平的声音明显在颤抖："她的身体……"

"我让美穗去你家，我们两个一起去仙台吧。"

"好……"

"开车和新干线哪个快？"

"新干线！新干线最快。"

"我们在东京站见面吧，具体的时间和地点电话联系。"

"好。"

矶贝离开卧室，把妹妹叫醒。

修平是在六点五十分赶到车站的，果波失踪的三十分钟后。他到车站时，矶贝已经买好了两人的车票，在站台前的检票口等他了。

"两分钟后发车，快走。"

他们冲上扶梯，矶贝一边跑一边快速交代："美穗已经拿着备用钥匙去了你家，没有看见果波。"

真的去了仙台啊，修平确信。

"我让美穗在你家继续等着。"

"谢谢。"

二人在发车前一刻冲进车厢，还好乘上了前往仙台的最快的一班，预计可以在一小时四十分钟后的八点三十分钟到达。

刚找到位置坐下，矶贝的电话就响了。看了一眼来电显示，矶贝说："医院打来的。"随即起身走向车厢连接处，修平也跟了上去。

矶贝站在车厢连接处，一只手捂着半边耳朵，表情严肃地对着电话说着什么。对方好像是妇产科的广川。挂断电话后，矶贝说："检测仪的记录中途断掉，根据这个推测出了果波小姐离开医院的时间。"

"什么时候？"修平从口袋中掏出记事本。之前去仙台的时候，他记录下了前往仙台的列车时刻表。

"五点四十分。"

"这样的话……"修平的手指在记事本上滑动，"要是她真的去仙台的话，应该坐的是六点零三分或者十六分的车，最晚也可以在八点二十三分到仙台。"

矶贝快速计算，随后开口："比我们提前几分钟。"

"嗯，不过……"修平开始考虑下车后前往子安神社的时间，"果波从小在那儿长大，对当地特别熟悉，出站后应该会坐电车。我们坐出租车应该可以比她先到神社。"

"果波到神社大概是几点？"

"差不多九点吧。"完全可以赶上中村久美的死亡时间，但是看着矶贝紧缩的眉头，修平不禁问："有什么问题吗？"

"病房里的胎心仪。广川说，果波小姐拔除前的五分钟，胎心出现了异常。"

意识到意味着什么的时候，修平感觉到血色正从自己脸上褪去："那个病……果波也……"

矶贝缓缓点头："果波的胎盘可能已经开始剥落。"

不会吧？难道在中村久美的忌日，在她死掉的那个时间，果波也会死在那间神社吗？和孩子一起……

在到达仙台前的一个半小时里，二人如坐针毡。矶贝数次起身和文京医大还有妹妹美穗联系，但是他们都没有见到果波。果波去了仙台的猜测越来越可信。

八点三十三分，新干线终于按时到达仙台站。修平和矶贝冲出车站，乘上出租车前往清川町。

还有二十分钟。修平一遍遍地看向手表。他还拿出地图，确认了离子安神社最近的消防署。距离很远，他很担心从神社呼叫救护车能否迅速送到附近的医疗机构。

车子驶入清川町，开过广濑川桥。修平不断给司机指路。路过中村久美家生前的旧址时，他特意看了一眼，空地上没有人。

子安神社到了。矶贝让司机在原地等候，二人随即跑上石阶，兵分左右两路绕过本殿前往杂物小屋。小屋没有任何变化，静静地耸立在树林前。

从另一侧过来的矶贝与修平对了个眼神，修平也向他点点头。二人屏气凝神，慢慢向小屋靠近。入口的木门微微打开，在风的吹拂下前后摆动。二人一左一右地站在门口，找准时机推门而入。

光线从木板间隙照射进来，小屋空荡荡的一个人也没有。

"看来还没有到。"修平说，赶得有点快了，"我们到车里等吧。"

矶贝看着手表问："法事是十点开始对吧？"

"嗯，还有一小时五分钟。"

矶贝点点头，随即抬起。他眼中越来越明显的紧张令修平感到不安："怎么了？"

"你和冈部和也约的是在这儿见面吗？"

"不是，九点半在仙台站。"

"这个也写在手账上了？"

修平和矶贝对视一眼，迅速往外跑。

为了迎接远道而来的客人，冈部和也提前到了仙台站。走出平时上下班乘坐的电车后他看了一眼手表，九点十分。夏树修平说他坐的新干线二十二分到。他到车站内的KIOSK书报亭买了份报纸用来打发时间，然后乘坐二楼的电梯来到三楼的东北新干线出站口。

正值早高峰时期，从东京过来的列车基本每十五分钟来一趟，新干线外的中央大厅上乘客络绎不绝。冈部站在能透视二楼的楼梯井旁，打开报纸等候修平。

报纸的内容却完全进不到脑子里。自从上周一见过修平后，对久美的痛惜和强烈的自责让他每天晚上都辗转难眠。

和宝宝同在天国的久美是否会原谅自己？僧侣的诵经能否让久美的灵魂安息？

"和也？"

背后突然响起一个熟悉的声音。想起这是谁的声音时，心跳顿时加速。

女人的声音再次传来："好久不见。"

怎么可能？！冈部怀疑自己是不是听错了。久美已经死了，不可能出现在这里。就在他怀疑自己是不是幻听时，后背却感受到了一股温热的气息。是人的气息！毫无疑问，此刻有人正站在自己身后。

"怎么了，和也？"

听到第三声呼唤，冈部终于回头了。眼前的女性，一眼就能看出来是一位孕妇。坚韧与温柔并存的眼睛，似乎随时要抛出辛言辣语的嘴唇，她的表情给人的印象简直与久美如出一辙。

女人盯着冈部，用和久美一模一样的声音问："猜猜我是谁？"

冈部毛骨悚然："你是……"

他听说夏树修平的妻子患了精神障碍。他顿时意识到自己实在是低估了病情的严重性。眼前的女人有着和生前的久美完全一样的声音，完全一样的语调。

266

"和也，你为什么要我把孩子打掉？啊？那可是我们的骨肉啊。"

女人上前一步。和也一边后退一边思考该如何应对，他有些手足无措。女人骄傲地挺起自己的肚子，说："你看，我们的孩子在这儿呢。"

冈部无意中低头发现女人身体上的异常。她的裙底下，两腿之间有透明的液体滴落。无色的液体断断续续地滴在地板上。

不好！冈部马上意识到，眼前的孕妇羊水破了。他飞快地看了一眼站内的时钟，修平还要七分钟才能到。

"竟然把我送进医院，你打的什么主意？"

"医院？"冈部摸不着头脑。

"你别装傻，我今天早上趁人不注意跑出来了，为了保护我们的孩子！"

冈部注意到了对方的臆想。她笃信让自己住院的是冈部，而不是夏树修平。不过，三年前的确是自己不顾久美本人的反对想把她送入医院的。

女人似乎被惹怒了，大喊："你倒是说话呀！"

"对不起。"冈部艰难地说，"真的对不起。"

"既然觉得对不起，为什么这么做？！"

"我当时以为那是我们最好的选择。"

"为了面子，杀死孩子？"

冈部无言以对。突然，他感受到自己左手无名指上的重量，他悄悄伸出右手准备捂住婚戒，女人却先行一步抓住他的左手手腕。

"无耻小人。"女人骂道，眼中满是轻蔑与杀意。

冈部准备转身避开女人的视线，肩膀却碰上了身后的墙壁。不知不觉间他已经被逼到了大厅边缘。

"决不能因为你的一己之私牺牲我的孩子。"女人说着伸出一直藏在背后的左手，手中握着一把匕首。刀刃不长，但足以刺穿心脏。

冈部双手紧紧摁住女人的手腕。女人奋力挣脱，力气大得惊人。在他们无声地拉扯颤抖之时，停下脚步的行人开始发出惊叫。

下了出租车后赶到仙台站二楼，矶贝听到头上传来女人们的尖叫。修平停下脚步抬头看向楼梯井，指着三楼的中央大厅说："果波！"

矶贝抬起头，眼前出现了难以置信的一幕。果波手持匕首，刀尖对着一位被逼到墙角的男人。

女人们的尖叫声响彻车站。矶贝和修平一起冲上扶梯。修平一边拨开前面的乘客一边大叫："果波！住手！"

矶贝赶到现场，眼前是扭头看向自己的果波和靠着墙壁的男人，那是冈部和也。冈部胸前已经染上了一片鲜血，但是看样子意识还很清醒。

修平冲上去准备从背后抱住妻子，没想到果波手中的刀子一划，修平的衬衫横着被划开，裂口下的皮肤慢慢渗出一道红线。

"果波，住手！"修平看了一眼伤口，随即抬头看向果波，他把手伸向妻子，"来，把刀给我。"

矶贝瞠目结舌地看着修平这一举动的惊人效果。果波的表情瞬间变得柔和，泪眼汪汪地对修平控诉："修平……为什么不能生宝宝呢？为什么啊？"

"别闹了，果波。不是说了嘛，我们要把宝宝生下来，一起养大。"

"你骗人！"附体人格的声音，她扫了一眼分别在左右两边的修平和冈部，毫不掩饰自己的怨恨，"他和这个男人联起手来准备杀死孩子！我可怜的孩子！"

"果波！你听我说。"修平正准备上前一步，已经恢复夏树果波人格的女人流着泪拿刀牵制。

果波的人格迅速来回切换，矶贝不禁担心她的精神状态。这份不安很快就化作现实进入了他的视线。果波的羊水破了，宫口已经张开，继续纠缠下去可能有坠落产的危险。

"为什么你们一个个的都要来杀死我的孩子？"果波放声大叫，"这可是我的孩子！我唯一的骨肉啊！"

"没有人要伤害你的孩子！"矶贝上前一步，"快把刀放下。"

"你离我远点！"果波认出矶贝，顿时变成附体人格，怒斥，"你自己说说，你到底杀了多少孩子！多少想活下来的孩子死在了你手上！"

徒劳地重复着呼吸反射运动的婴儿，以及年轻母亲在分娩台上的声音顿时在矶贝脑中浮现："宝宝呢？"这段无法挽回的过去让矶贝想起了最后一个办法。用于人流的诱导分娩法应该也是早剥急救措施的一种 —— 快速分娩。让果波在胎盘剥落前把孩子生下来，或许能母子平安。

矶贝准备进行一次危险的赌博。他拦住赶到现场的车站站员，大声说："没错，我这双手确实处理了很多孩子。可你知道为什么吗？因为那些不负责任的父母，因为这个社会，希望我这么做！"

女人似乎已经气到无法说话。她是一位母亲，一位挺身而出，拒绝让孩子受到暴力威胁的母亲。为了扰乱果波的情绪，矶贝进一步挑衅："我把那些还无法呼吸的孩子从母亲体内拽出来，什么也不做就这么看着他们死掉，都是些已经长好了手、脚、眼睛，还有耳朵的孩子！"

果波的嘴唇喘息似的活动着，举起刀。

大声叫嚣的矶贝意识到这不是挑衅，是自己对母性的忏悔。"那些孩子，肺还没长全，他们拼命呼吸，却呼吸不到一丝空气，拼命挣扎，却发不出一点声音。他们得不到任何人的拥抱，死后只能被塞进冰冷的小盒子里……"

果波朝着矶贝走了过来。站员见状准备扑向果波。矶贝伸手拦住站员后迅速回头，刀却没有划下来。果波一动不动地站着，她歪着脸，表情痛苦。

"果波？"修平提心吊胆地问。

匕首从果波手中滑落，她双手抱住肚子，呻吟着蹲在地上。

矶贝迅速上前，大叫："快叫救护车！阵痛开始了！"

人群开始沸腾。站员前脚跑走，铁道警察就赶了过来。

"救护车两台！"矶贝瞥了一眼倒在地上的冈部和也，对警官说，"请联系一下附近可以接生的医院！再找找有没有什么可以围起来的东西。"

"围起来的东西？"警官问。

"出现了分娩先兆！救护车可能来不及！"

修平愕然地看向矶贝："我应该做什么？"

"不要慌！"矶贝告诉修平，也告诉自己，"这应该是最后一场战斗。"

"战斗？"

"我们要一起保护果波小姐和孩子！"

修平看向咬牙忍受着剧痛的妻子。他跪在地上，握住妻子的双手大喊："果波！"

矶贝迅速走向冈部和也。他撕开衬衫，发现血已经快止住了。

"请你……"冈部颤抖地说，"一定要救救她。"

矶贝点点头。就在这时，三位站员和警官穿过围观群众抬着办公用的隔板赶了过来。

隔板围起后，矶贝迅速掀起果波的衣服脱下内裤。羊水已经有了一股腥味，是新生儿的味道。触诊后发现，胎儿已经落到了产道上，宫口完全打开准备将孩子从体内送出。"救护车来不及了！"

修平眼含热泪大声央求："请你救救他们！拜托了！请救救果波和孩子！"

"我们在这里接生。"矶贝当机立断，他回头看向站员，"有医务室吗？"

站员慌慌张张地说："只有救护室。"

矶贝对修平和站员说："你们去准备这些东西，听好了。"

修平郑重地点点头，从口袋里掏出笔和记事本。

"纱布、毛巾、医用手套、脐带夹、灭菌线和剪刀，最好还要氧气瓶。把有的拿过来就行了。"

修平一一记好后，站员催促道："走吧。"

二人转身便跑了起来。

矶贝握着果波的手思索着：孕期第二十九周，就算在这里生下来，只要把孩子送入有新生儿重症监护室的医院，孩子完全能活下来。

修平在站员的带领下迅速奔跑。矶贝交代的那些东西，他已经全部记在了脑子里，根本不用看笔记。平时在调查中培养出来的记忆力似乎在这个关键时刻发挥了作用。

"这边！"

站员经过检票口，将他带到一号站台的北边。修平冲进救护室，把矶贝要求的医疗用具依次说了一遍，自己也帮着在架子上找。

"脐带夹是什么？"站员看着修平。

"把有的拿过去就行了。"除了脐带夹其他都找到了，"走吧！"

离开房间时，墙上的钟映入眼帘。九点半，还没到中村久美的死亡时间。带着一线希望，修平的所有思绪都变成了祈祷。

请救救果波和孩子吧！

他对冥冥之中的超自然存在说。

一定要救救她们。

果波已经进入分娩期。矶贝抬起她的双腿，让她面部朝上，以截石位躺在地上。在分娩的痛苦下，她不断扭动着身体。

矶贝撩起她脸颊上被汗水沾湿的头发，不断鼓励："加油！往肚子上使劲儿！"果波发出更大的呻吟。矶贝把手伸入会阴部，已经能感受到沿着产道下来的胎儿头部。胎儿的头盖骨正在不断调整形状以适应狭窄的产道。在子宫的推动下，宝宝小小的身体会在顺应骨盆的形状发生九十度旋转，以面朝母体背部的姿势等待降生。

就在矶贝确认会阴弹性时，修平和站员以及急救队员相继赶到。

"只有脐带夹没找到！"修平边说边把医疗用具递给矶贝。他的声音几近于喊叫。

"把毛巾垫在果波小姐下面。"矶贝戴上手套，一边调整身体姿势以保护会阴一边对急救队员说，"有没有带脐带夹或科赫尔钳子？"

"有脐带夹。"

"马上拿过来！然后联系有NICU的医院，请他们准备接收患者！"

"好！"急救队员迅速离开。

剩下的队员冲到冈部和也面前。

"我没事。"冈部的声音传来，"就让我在这里吧。"

"快抓住果波的手！"矶贝扭头吩咐修平，随后继续面对着果波，"吸气……用力！"

果波伸出双手往前使劲儿，修平迅速抓住她的手，与此同时，会阴部张开，已经能看到胎儿头部了。还好不是足先露，矶贝顿时有了很大的希望："轻轻呼吸。"

以母亲的耻骨为支点，胎儿的头部向上抬起。头顶、额头、眼睛和鼻子，一个脸部朝下的婴儿缓缓出现。新生儿皮肤粉红，闭着眼睛，沉默不语的样子像是在犹豫是否要来到这个世界。

"头快出来了！再加把劲儿！"

果波已经满头大汗。宝宝的身体顺着骨盆的形状再次发生九十度的旋转，面向妈妈右侧。胎儿的头部已经完全出来了，矶贝托住头，轻轻下压。肩膀出来了。他换了个方向，将婴儿头部向上托起。就在这时，婴儿全身从母体畅通无阻地滑落。

生下来了。

果波停止了呻吟，隔板外的围观群众也安静了下来，周围突然一片寂静。

修平屏住呼吸看着矶贝。

矶贝愕然地望着手中的女婴。宝宝浑身瘫软，没有呼吸。矶贝用纱布擦了擦鼻腔和口腔中的羊水，依旧没有任何反应。

死产……

修平盯着矶贝，脸色逐渐发白。

矶贝拿起手边的脐带夹迅速处理好脐带，左手抱起婴儿。怎么能让你这么死掉！矶贝拍打着婴儿的脚底，尝试唤回逐渐离去的灵魂。

"呼吸！"他大喊，"吸气啊！哭啊！"

左手似乎更重了。矶贝停止拍打，一动不动地望着婴儿。只见她短小的四肢伸展开来，像是要拥抱自己，喉咙深处发出微弱的哭声。

确认生命诞生的那个瞬间，周围的男人们脸上露出安心的微笑，隔板外顿时欢声沸腾。

矶贝用毛巾裹住宝宝，开始检查她的健康情况。虽然是个体重只有一千五百克左右的早产儿，但是从反射情况和心率来看，阿普加评分是七分，已经脱离了假死状态。胸廓有呼吸凹陷的症状，马上送医的话应该没什么问题。

抬起头才发现，修平仍旧一脸茫然。他的视线缓缓从孩子转移到妻子身上。

果波一动不动，她闭着眼睛，似乎没有了意识。得赶紧送医，矶贝心想。不过他还是把孩子送到夏树夫妻身边："孩子生下来了，是个女孩。"

修平接过孩子，把她递到妻子面前："果波？"

似乎是听见了孩子的哭声，果波的眼皮微微一颤。

就在这时，矶贝突然感觉有人离开，他惊慌地看了一眼四周，却发现所有人都在。站员、警官、急救队员，还有冈部和也，都静静等待着母亲与孩子见面的那一瞬间。

"修平？"一个微弱的声音传来，果波仰头躺在地上，焦点模糊的双眼寻找着丈夫，"修平？怎么了？"

修平将孩子放在果波胸前。果波反射性地伸手抱住孩子，眼睛顿时睁开，眼泪扑簌簌地直往下掉。

"我们的……我们的孩子生下来了。"修平声泪俱下。

矶贝吩咐急救队员给新生儿吸氧，注意母体的出血情况后，还拜托他们不要把果波和孩子分开运送。

果波抱着孩子被送上担架。隔板移开，果波和孩子被抬出来时，周围的群众送出热烈的掌声。在另一张担架上的冈部和也脸上也浮现出喜悦的笑容。矶贝终于松了一口气。在这么多人的祝福下来到这个世界的孩子应该不多吧。

果波躺在担架上，一脸不解地看着随行的矶贝。

矶贝对她微微一笑。

果波也虚弱地微笑。

初见时的问候。她的记忆或许也随附体人格一起消失在了某处。

附在果波身上的人格，拼命护下这个幼小的生命，现在终于达成目的，被召了回去。

276

尾声

第二天，为了拿健康保险证和换洗的衣服，修平回了一趟东京。妻子和女儿已经住进了仙台市内的一家医院，有矶贝继续留在仙台他很放心。

送到医院后，剥离的胎盘被排出体外，果波并没有出现矶贝一直担心的大出血。按矶贝的话说，虽然胎盘有些许疑似早剥的病变，不过针对可能出现的后遗症，做全了所有预防措施，应该不必担心。孩子被送进了新生儿重症监护室，在投放了促进肺泡张开的物质后已经逐渐脱离了危险。呼吸窘迫综合征、注入肺表面活性剂之类的，矶贝像往常一样罗列了一堆难懂的专业术语后笑着对他说："总的来说，就是母子平安。"

让修平放心的不仅这些，在病房和妻子说话时，他确信眼前的就是果波。妻子终于回来了，带着可爱的女儿。确认这一点后，修平紧紧地抱着果波。

到达驹込后，修平径直回了家，那间高层公寓，这一切的开端。这间空无一人的三居室目前已经成为无用之物，他只想赶紧回到妻子身边。

进入工作间，打开电话留言，发现收到了好几条来自编辑桥本的留言，说是有急事希望能尽快见面。修平这才意识到自己一直在医院，手机早就没电了。

他打电话到Book Craft，桥本马上接起。修平和他约好见面时间。孩子出生后，经济问题就更加需要重视了。

他收拾好东西，在车站前的咖啡店等了一小会儿，桥本就来了。

"前段时间一直没联系上，怎么了？"

修平言简意赅："孩子生了。"

桥本瞬间惊呆了，随即露出笑容："你要当爸爸了？！了不起了！"

桥本当即"爸爸、爸爸"地称呼修平，修平苦笑着说："前段时间让你担心了，非常抱歉，不过现在果波也完全好了。"

"双喜临门啊。"

"嗯。"然而修平却没办法完全快乐起来，"对了，你说有急事？"

"这个嘛，我也有一个好消息告诉你。"桥本喜形于色，"单行本有希望了，《舒适生活学》第二弹！"

"欸？"修平打起精神。

"书名是《舒适恋爱学》。"

修平目瞪口呆地看着桥本。

"就是教现代年轻人如何更轻松地谈恋爱。从找对象开始，比如介绍一些不用花钱就能让对方满意的约会方法，或者是介绍一些既便宜氛围又好的店。"

"等等！"修平打断桥本，"这个的话，我已经有想法了！"

"真的吗？"

"不过要是把我想说的写上去，虽然多少能卖一点，但是可能卖不好。"

桥本皱起眉头："你是什么想法？说给我听听。"

"嗯……"修平望着咖啡店外经过的年轻情侣，说，"不避孕就会怀上孩子。连这个也不知道的家伙，干脆就别谈恋爱。"

服务员和其他客人一齐看向他们。修平继续说："体外射精无法避孕，怀上了就给我乖乖负责，别做个畜生不如的家伙。"

"喂喂喂……"

修平无视桥本的阻拦，继续说："什么爱情啊，出轨啊，及时行乐啊，说得很了不起的样子，可千万别被那些媒体和文化人给忽悠了。凡是做爱就可能会怀孩子，怀了孩子，痛苦的一定是女人，逃跑的一定是男人。所谓恋爱，其实就是一根生孩子的导火线。"

桥本叹了口气，对修平投以失望的眼神："确实卖不出去啊……我已经看见一大堆退货了。"

"是吧？"

"你对这个策划没兴趣是吧？"

"嗯，能不能介绍些靠谱的、能赚钱的？"

"好，知道了。我再找其他写手吧。"

"就这件事吗？我急着回果波那儿呢……"

"等等！还有一件事。"

修平重新坐下。

"其实……最近结婚了。"

"谁？"

"我。"

修平看着桥本，万万没想到这个人竟然也有害羞的时候："对方是谁？"

"公司里的。"桥本笑容满面地说，"不是有一个负责排版的女孩嘛！"

"哦，她啊？"这么一说倒也不奇怪，"不管怎么样，恭喜你。"

"谢谢。"桥本十指交叉放在桌上。他每次说重要事情的时候都习惯这样，"然后有一件事儿和你也有关系。"

究竟是什么？修平有点不安："什么？"

"我们的新居。"桥本说。

走在医院的走廊时，矶贝看见两位中年男性从一间病房出来。是两位刑警，前两天也找过他。矶贝并不想和他们打照面，于是折回护士站，等二人乘上电梯。

刑警离开后，矶贝走进冈部和也的病房。冈部的伤，他已经从前两天过来做笔录的两位刑警口中得知了，是长十五厘米的创伤。好在只是皮外伤，结果不算严重，三周左右应该就能痊愈。

门没有关，他直接走进病房。病房一共有六张床，冈部躺在最里面。

"您好，我是矶贝，昨天真是谢谢您。"

他走到床边向冈部致谢。冈部脸上泛起笑意："麻烦您了，果波小姐还好吗？"

"已经不用担心了，身体上没问题，精神上也是。"

"孩子呢？"

"孩子也是。"

"真是太好了。"冈部关切地说，"多亏了您，我也没什么大事。"

"真是不幸中的万幸。"矶贝把墙边的凳子拉过来，坐下，进入主题，"刑警刚刚是不是来过了，我在走廊遇见他们了。"

"嗯，他们也去找您了吗？"

"昨天来做笔录了。"矶贝想起昨天和刑警的对话。得知果波有精神科就诊史后，刑警问主治医生矶贝她的病名是什么。矶贝说是妄想性障碍。如果说是分离性障碍的话，虽然很轻，但是果波可能要承担一些法律责任。

"他们……"冈部说，"好像了解我的意思，问我要不要受害申报，是否起诉。"

"您怎么说？"

"我明确告诉他们，我没有那么做的打算。"

这样的话果波应该不会被起诉。矶贝低下头："谢谢您。"

"不不不。"冈部连忙说，"这是应该的，况且是我犯了不可挽回的错误。"

矶贝抬起头。

"昨天站在我面前的毫无疑问就是久美，她是来谴责我的吧。"冈部看着窗外仙台的街道，蓦然地说，"我真的对不起久美。"

矶贝并没有安慰他。

冈部沉默了一会儿，然后看着矶贝问："果波小姐的孩子叫什么名字？"

"这么一说，好像还没取。"

"我想起一件事……久美怀孕前曾经说过，要是以后有孩子了希望名字能叫飞鸟，不管是男孩还是女孩。"

"很好的名字。"

"嗯。"冈部点点头，再次看着窗外。

他眼里浮现的，应该是过去的光景吧？矶贝心想。那些曾误以为自己对恋人的爱坚不可移的遥远的回忆。

"真的对不起。"冈部说。

在仙台住了两天后，矶贝回到东京。果波还需要再住几天，孩子需要两到三个月的住院观察，但是医院管理严格，矶贝可以放心返京。

返京后，矶贝顿时应接不暇。他先去了一趟文京医大的精神科医局，向教授和医局长传达了复职的意愿。二人自然非常高兴。此外，他还向各位同事道谢，说自己的离开没少给他们添麻烦。最后，矶贝走进特护治疗室（HCU）看望户田麻衣子。

复健起了作用，麻衣子正在逐渐恢复。虽然还不能自由说话，但是麻痹的身体似乎已经慢慢可以活动了。最令他高兴的，是麻衣子见到自己之后的脸上的和煦。

离开病房正好遇到前来观察妊娠情况的广川晶子。

"我决定复职了。"

广川露出笑容："户田小姐的复健很顺利。"

"肚子里的孩子呢？"

"发育得很不错。"

矶贝放心地舒了一口气。

广川换了一副私下说话时的语调："夏树小姐的事我听说了，太好了。"

"嗯。"矶贝点点头，"真的是太好了。"

"什么时候回来？"

"下周一。"

"那……"广川看了看四周，确认没有护士后说，"周末一起吃个饭？"

矶贝看着广川，他已经完全忘了这回事。

"不想吃就算了。"

"不，想吃。"矶贝说。他感觉有什么事情即将发生。矶贝开始纠结一个根源性的问题——为什么这个世界有女人？

自那以后的两个月里，矶贝每天都被工作搞得焦头烂额。妹妹美穗和医生前夫的离婚成立，今后将继续借住在哥哥家。矶贝最近和广川晶子定期约会，他已经开始谋划怎样才能把妹妹赶出去。

修平和果波的联名信就是这个时候寄来的。看着诚恳郑重的感谢信，矶贝感到自己的辛苦有了回报。信上说"下周末，我们一家将回到东京"，矶贝找准时机拨通了修平的电话。他想亲眼看看果波和孩子的恢复情况。电话那边的修平爽快答应，不过他说："你可能会吓一跳。"

星期五下午，矶贝在工作间隙来到驹达的公寓楼下，修平站在外面等他。他面前停着两辆搬家公司的卡车。修平所说的"可能会吓一跳"应该是指这个吧。矶贝笑着走向修平。

"矶贝先生。"修平神采奕奕地看着矶贝。

简单问候过后，矶贝问："要搬家吗？"

"嗯。"修平露出难为情的笑容，"我的一位编辑朋友最近结婚了，他租下了这套房子。每个月有租金进来，不用担心房贷了。其他的嘛，就靠自己赚了。"

矶贝也跟着松了一口气。

就在这时，果波推着婴儿车从公寓的玄关出来。瘦小的她穿着一身厚款连衣裙，气色有点不好，不过应该是她本身皮肤就比较白的原因。果波表情平和，看上去应该没有俗称为产后抑郁症的症状。

果波眯着眼走在午后的阳光下，她抬头看了一眼天空，随后好像是注意到了矶贝："矶贝先生。"

"看起来精神很好啊。"矶贝和修平一起向母女二人走去。

果波反复表达自己对矶贝的谢意。矶贝一边听着感谢的话，一边蹲下，认真注视着婴儿车里的宝宝。宝宝穿着粉色的婴儿斗篷，奋力挥舞着两只小手，似乎特别高兴。某个角度看着像修平，换一个角度又觉得像果波。好可爱啊，矶贝被深深触动。他顿时觉得很不可思议，一个创造生命的如此神圣的活动，人类为什么会觉得淫秽？

　　"矶贝先生，可以过来一下吗？"修平把矶贝邀请到停车场边上的小花园。隔着桌子坐下后，二人都情不自禁地笑了。他们曾几度在这里进行过绝望的交谈。

　　"直到现在……"修平小声说，"果波还是什么也没想起来。从第一次商量人流那天开始到把孩子生下来，中间的所有记忆都没了。"

　　"这样不是很好吗？"矶贝说，解离性失忆之类的诊断名称已经不需要了，"只需要好好考虑以后就好了。"

　　"嗯。就我来讲……"修平露出严肃的表情，"我觉得应该是中村久美的人格保护了挚友果波。可能医学上有另外的结论，但我觉得肯定是这样。要不是她附在果波身上，女儿肯定被打掉了，根本不会留在这个世界上。"

　　听着修平的话，矶贝更加真切地感受到生命的奇妙之处。一男一女相遇，小小的细胞结合在一起，新生命诞生。其神秘莫测完全不逊于超自然现象。

　　"我现在特别感谢中村久美这个人。"

　　"我也是。"矶贝说，二人相视一笑，"我还想谢谢你。"

修平很诧异："为什么？"

"谢谢你没有放弃。"

短短的赞美下，过去几个月的辛苦——苏醒，修平瞬间泪眼蒙眬。

"多亏了有您。而且……"

"而且？"

"持续喜欢一个人，不仅需要温柔的感情，有时还要坚定的意志。我终于明白了这一点。"

矶贝想起修平深陷于感应性精神病时的症状。经过那次，修平应该清楚了自己在精神上面临的深渊，知道了对于异性的爱具有正反一体的矛盾性，也明白了在困境下多么容易因爱生恨。矶贝突然觉得，修平和果波，这对年轻夫妇应该能白头偕老。不敢正视自己影子的人，不可能幸福。

突突的排气声传来，卡车的发动机已经启动。修平跑去和司机说了些什么后很快又回来："匆匆忙忙的，非常抱歉，我们差不多要走了。"

"我才是，你这么忙还来打扰你。"

"我们租了个两居室的简易公寓。地方有点窄，不过欢迎你随时过来。"

"嗯，我一定会去。"

二人带上果波和孩子一起向卡车走去，矶贝突然问："对了，孩子有名字了吗？"

"啊，忘了告诉你了。"修平笑着说，"叫飞鸟。"

"飞鸟?"矶贝停下脚步，"是谁取……"

"我取的。"

矶贝看向果波，果波转过头来，脸上带着腼腆的笑容："叫夏树飞鸟，是不是很好?"

"嗯。"矶贝并没有将自己对这位女性的畏惧表现出来。他低头看着婴儿车，宝宝对着空气欢乐地咯咯笑，仿佛有什么看不见的人在逗她开心。

矶贝感觉到这里还有一个人，是那位坚韧与温柔并存的美丽的女人。她也来了，来祝福飞鸟的诞生。

"我们走啦。"

卡车加速离去，修平一家也离开了公寓。

目送着一家三口的背影，矶贝不禁思考：究竟是什么救了夏树飞鸟？那可能不是医学，也并非宗教，而是医学和宗教都无法解释的东西。

矶贝转过身，顿时觉得很无力。小小的成就感在三十四万分之一这一数字前烟消云散。

他终于准备离开，回到自己的工作岗位，医治下一颗伤痕累累的心。

文治
磨铁图书旗下子品牌

更 好 的 阅 读

特约监制　潘　良　于　北
产品经理　胡马丽花
特约编辑　金　玲
版权支持　冷　婷　郎彤童　李泽芳
营销支持　金　颖　黄筱萌　黑　皮
装帧设计　胡崇峯

关注我们

官方微博：@文治图书
官方豆瓣：文治图书
联系我们：wenzhibooks@xiron.net.cn